"ânı yakala!"

carpe diem kitap

balzac'tan
ruha dokunan düşünceler

carpe diem kitap
lacivert yayıncılık san. ve tic. ltd. şti.
alayköşkü cad. no:11 kat:2
cağaloğlu-istanbul
yayın: 0212 514 63 89
dağıtım-istanbul: 0212 220 57 70
dağıtım-anadolu: 0212 513 84 15
www.carpediemkitap.com
kitap@carpediemkitap.com

hazırlayan: esra uluç
konsept danışmanı: ömer sevinçgül
editör: sibel talay
kapak tasarımı: adı yok tasarım
baskı: entegre matbaacılık

ruha dokunan düşünceler-8
balzac'tan ruha dokunan düşünceler
isbn 975-6107-15-4
1.baskı, istanbul, kasım 2006

balzac'tan
ruha dokunan düşünceler

hazırlayan: esra uluç

esra uluç

4 kasım 1980 doğumlu…
mimar sinan üniversitesi
türk dili ve edebiyatı bölümü mezunu…
adı yok dergisi'nin kurucularından…
evli ve istanbul'da yaşıyor…
bir lisede edebiyat öğretmenliği yapıyor…

"...çünkü insana en çok kitap yakışıyor.
ve mürekkebin kuruduğu yerde kan akıyor..."

carpe diem kitap

içimdekiler

içimdekiler

içimdekiler

başlarken...

Vakit gece yarısını çoktan geçmiş. Omzunda yünden şalı, masasında titreyerek yanan mumu, bir adam yazıyor; yorulmak nedir bilmeden yazıyor. Öyle bir kendinden geçme hâli ki bu; hangisi gerçek, hangisi kendi hayallerinden doğan yazgılar, ayırt edemeden yazıyor.

Çok yorgun belki de, kim bilir? Yorgunluk engel olmasın diye bu afakî fırtınaya, ayaklarını suya gömmüş de susturmuş onların sızısını. Gözleri kapanıyor arada bir. Hemen kahve fincanına uzanıyor elleri. Bir an düşünüyor; dalıyor Paris'in sokaklarına. Tamam diyor, tam da benim istediğim gibi yaşanıyor her şey. Anlık bir canlandırmadan sonra, aklında ne varsa, kelimeden kaftanlar biçiyor ve kocaman bir imparatorluk kuruyor kâğıtlarında.

Evet, Balzac'ın ülkeleri vardı; kadınları mis gibi kokardı, erkekleri aşk için can atardı. Ya cimriydi karakterler, ya para babası. Genç kızların, kadınlığa adım atışlarını sanki yaşamış gibi yazmıştı. Sonra evler ve odalar... Nice romanda anlatılan sokaklar, binalar, renkler, gölgeler...

Kalemiyle düşünür Balzac. Kafasını kaleminin arasına almıştır sanki. Düşünmesiyle yazması hemen hemen aynı anlara tekabül eder. Çok yaşamaktan mıdır, yoksa yaşamaktan korkup da kendine sınırlar çizince, ölesiye yaşamak istediğinden midir bilinmez ama bir esrar dumanı sarar onun çalışma odasını.

Kahverengi... Her yer kahverengi sanki. Kocaman göbeğiyle ilişince masaya sanki dış âlemden bambaşka, tanımlanamaz, büyüsü başkaları tarafından ifşa edilemez bir iç âleme dalar o. İlişmek diyorum; çünkü masasına kurulduğunu tasavvur edemiyorum onun. O coşku hâliyle, bana öyle geliyor ki, defalarca kalkar sandalyeden, dolaşır odanın içinde. Sanki kahramanlarıyla baş başadır da sohbetin havasına iyice kaptırıp kendini durduğu yerde duramaz.

Kahramanlarından pek de farkı yoktur aslında onun. O da herkes kadar Parislidir. Hayatındaki kadınlar roman sayfalarında çıkıverir karşımıza.

Fransasız bir Balzac düşünülemeyeceği gibi, Balzac'sız da Fransa düşünülemez bence. Ülke ve dünya edebiyat tarihi açısından son derece önemlidir o. Ölümünün üzerinden yaklaşık yüz elli yıl geçmesine rağmen unutulmadı. Kaleminden dökülenler, edebî nitelik bakımından öylesine güçlüdür ki, hâlâ pek çok genç yazar, üslup oluşturma ve konu seçiminde ondan önemli ölçüde etkilenir.

Balzac'ın ruhuma, naçizane dünyama dokunan düşüncelerini sizlerle paylaşmak için hazırladım bu kitabı.

Keyifli okumalar...

sıra dışı bir hayat...

Dünya tarihinde kentlerin büyük önemi vardır. Tours'un da öyle... On birinci yüzyılda Fransa'ya başkentlik yapmış bir şatolar şehri... Balzac'ın şehri... Orada doğmuş; hem kendi, hem inanılmaz eserleri. 20 Mayıs 1799'da, imparatorluk yönetiminde memur olarak çalışan bir baba ile kocasından otuz iki yaş küçük olan bir annenin çocuğu olarak dünyaya gelir Honore de Balzac. Babası aslında bir köylü ailesindendir; Honore Balsa olan asıl adını sonradan Balzac olarak değiştirmiş ve buna soyluluk ifade eden "de" öntakısını eklemiştir.

Çocukluğunda anne babasının pek de iyi gitmeyen evliliğini ayrıntılarıyla gözlemleme fırsatı bulur. Hatta bu gözlemler ileride romanlarına konu olacak; eserlerinde kötü evlilik yapmış bireyler, eşlerin birbirlerini aldatmaları, evlilikte aradığını bulamayıp iç dünyasına kapanan kadınlardan sıkça söz edecektir.

Altı yıl Vendome'da College des Oratoriens'te öğrenim görür. Balzac on beş yaşındayken, ailesi Paris'e taşınır. Burada Honore de Charlemagne Lisesi'ne yazılır. Anne ve babası, noter olmasını isterler hırsla. Ancak ne kadar çabalasalar da, bu hırsı bulaştıramazlar ona. Önceleri hangi mesleği seçeceğine bir türlü karar veremez.

Stefan Zweig'e göre; "İki yıl erken doğmuş olsaydı, on sekiz yaşındayken Napoleon'un askerleri arasına katılacaktı." Bu gerçekleşmedi; ama Balzac, Napoleon'un bir resminin altına şu ifadeyi yazmaktan da geri durmadı: " Onun kılıçla sona erdiremediği şeyleri, ben kalemle tamamlayacağım."

Liseyi bitirdikten sonra hukuk okumaya karar verir. İki yıllık eğitimden sonra bir avukatın yanında staja başlar. Ancak bu değildir istediği. Yazar olacaktır o. Ne pahasına olursa olsun yazacaktır. Araştırmacılar Balzac'ta narsizme varacak kadar aşırı bir özgüven ve çalışma azminin olduğunu kaydederler. Bu karar, hayatı boyunca peşini bırakmayacak olan yalnızlık ve yoksulluğu beraberinde getirir.

Yirmi yaşına geldiğinde ailesinden iki yıllığına izin alarak, çok arzuladığı şeyi yapmak; yazmak için, işine ara verir. Bu süre zarfında yaşamı gözlemleme ve roman tekniği üzerinde çalışma fırsatı da bulur. Gözlem yapmak... O bunun için özel bir çaba harcamamıştır hiçbir zaman.

Bu noktada Balzac zekâsının, esrarı çıkar karşımıza. O hiçbir ön hazırlık yapmadan başlar yazmaya. Bu esnada hayatı boyunca topladığı bilgiler bir anda mürekkebine üşüşür. Toplumun her kesiminden insanları, çok çeşitli meslek dallarını, pek çok mekânı, sanat ve sanatkârları, aile ve sefahat yaşamını sanki bir yüzyıl boyunca gözlemlemiş gibi rahatça yazar.

Stefan Zweig'e göre Balzac, "Korkunç bir hızla görebilmektedir. Başkalarının maskeli olarak ve bin bir değişik kılıkta görebileceği şeyleri apaçık ve çıplak bir şekilde görebilme gibi özel bir yeteneğe sahiptir sanki."

İlk roman denemelerinde takma adlar kullanır. İlk eseri bir tiyatro oyunu olan Cromwell'dir. Trajedi türünde yazılan bu eser, 1819'da tamamlanmıştır. Ancak eser, hedeflediği başarıya götürmez onu. Zira edebiyat çevrelerince "tam bir başarısızlık örneği" olarak nitelendirilir.

Bu yıllarda oldukça parasız olan Balzac, yayın dünyasına da atılır. Yayıncılık, basımcılık hatta dökümcülük yapar. Ancak buradaki girişimleri de ilk eseri gibi başarısızlıkla sonuçlanır ve tekrar edebiyata döner.

Bu dönemde kendinden yaşça oldukça büyük bir kadın olan Madam Berny'e âşık olur. Aralarındaki yaş farkı, ona bir yandan tutkulu bir aşk hayatı yaşatırken, bir yandan da her bakımdan olgunlaşmasını sağlar. Madam Berny, bazen akıl hocası, bazen de malî destekçisi olarak, hemen her zaman yanında bulunur. Aşkını da aklını da esirgemez Balzac'tan.

Böylelikle, eserlerinin temelini oluşturacak kadın modelleri yavaş yavaş çizilmeye başlanır. Öncelikle annesi, sonra da Madam Berny, Balzac'ın âdeta kelimelerle çizdiği resimlerine modellik yapmışlardır. Otuz Yaşındaki Kadın, Vadideki Zambak hep bu modellerin duruşları sayesinde bu kadar gerçekçi çizilebilmiştir.

Madam Berny ile yaşadığı on yıllık ilişki, yüksek tabakayla, edebiyatın ve yayın dünyasının önde gelen isimleriyle tanışmasını sağlar. Kahramanlarının çoğu gibi o da karşı konulmaz bir hevesle "Parisli'leşir" ve buradaki zevke, lükse düşkün yaşam onun için büyük paralara mâl olur.

Madam Berny'nin öldüğünü öğrenen Balzac, beyninden vurulmuşa döner. O günlerde annesine şu satırları yazacaktır.

"Ah anneciğim, Madame de Berny ölüyor! Istırabımı bir ben bilirim, bir de Allah bilir. Üstelik çalışmak lâzım, ağlayarak çalışmak."

Bu dönemde Le Voleur gazetesinde "Paris

Mektupları" adlı politik fıkralar yazmaya başlar. Modern gazeteciliğin doğuşuna tekabül eden o yıllarda, Balzac bir hayli ünlenir. Onun hayatında hep yer edecek bir meslektir artık gazetecilik.

Gazete sahipleri ve yayıncılarla maddî nedenlerden dolayı hep gergin bir ilişkisi olmuş ve birçok romanında yayın dünyası patronlarını ve onların iktidarını alaycı bir dille eleştirmiştir. Siyasî görüş olarak kralcıların yanında durmasına rağmen, bu çevrelerle de ilişkileri pek de iç açıcı değildir.

Elde ettiği ün, ona cüretkârlığın yolunu açar. Castries markizini, Madam Berny henüz hayattayken tanımasına rağmen, metres olarak ister.

Edebiyat yaşamını devam ettirmek ve Yüksek Meclis üyesi olmak için Balzac'ın tek bir amacı vardır: Bir düşesin kocası olmak... Bu hülyayla dolaşırken dört çocuklu ve dul Madame D'Abrantes ile tanışır. Balzac onun anılarını yazmasına yardımcı olur ve çok para kazanmasını sağlar.

1832'de Kontes Éveline Hanska ile mektuplaşmaya başlar. Madam Hanska'nın "Yabancı Kadın" adıyla yazdığı mektuplar Balzac'ı çok etkiler. On sekiz ay boyunca mektuplaşırlar. 1842'de evlenme kararı alırlar.

Ancak Madam Hanska Balzac'ın borç batağı içinde olduğunu bildiğinden önceleri evliliğe yanaşmak istemez. Balzac, onu elde etmek umuduyla, 1842-1848 tarihleri arasında, giderek artan bir yoğunlukla yazmaya ve para kazanmaya çalışır. Ancak bu yoğun çalışma sağlığının bozulmasına sebep olur. Nihayet, doğacak çocuklarını düşünen Madam Hanska evliliğe rıza gösterir.

1850 yılının baharında evlenirler; ancak artık çok geçtir. Balzac, 18 Ağustos 1850'de, Paris'te Fortunee Sokağı'ndaki konağında, bronşit ve kalp yetmezliğinden ölür. Ardında neredeyse bir ömür boyu çalışarak yazılmış romanlar bırakır; bunlardan seksen beşi tamamlanmış, elli tanesi ise taslak hâlinde kalmıştır.

Öldüğü Fortunee Sokağı bugün "Balzac Sokağı" olarak anılmaktadır.

eserlerine kronolojik bir bakış...

Balzac'ın ilk eseri bir tiyatro oyunu olan Cromwell'dir. Trajedi türünde yazılan bu eser, 1819'da tamamlanmıştır.

Kendi adıyla 1829'da yazdığı "Les Chouans" isimli tarihî roman, tanınmasını sağlar. Bu eser dilimize 1974 yılında "Köylü İsyanı", 1977'de ise "Şu anlar" olarak çevrilir.

Bunun hemen akabinde, Evliliğin Fizyolojisi ve Özel Yaşamdan Sahneler adlı romanları yayınlanır. Bu eserler evlilik müessesesinin sorgulandığı romanlarındandır.

Bunlardan sonra yazdığı Tours Papazı 1949 yılında, Eugenie Grandet ise 1983'te dilimize çevrilir. Bu eserlerde Balzac, taşra yaşamından kesitler anlatmaktadır.

Haziran 1832'de delirmenin eşiğine gelir. Otobiyografik bir roman olan Louis Lambert bu bunalımın izlerini taşır; yaralanmış, coşkulu ve romantik bir entelektüel tip olan Louis, delirerek ölür.

1834 yılı Balzac'ın yaşamında bir dönüm noktasıdır. Yapıtlarını bir bütün oluşturacak biçimde tasarlaması bu tarihe rastlar.

Bu yıla kadar yayıncılarından aldığı parayla bohem bir yaşam süren Balzac, hem salonların değişmez bir siması olur, hem de hiç aksatmadan binlerce roman sayfası tamamlar.

1834'te yazdığı Goriot Baba adlı eseriyle çağdaş anlamdaki roman dizisinin mucitleri arasındaki yerini pekiştirir. Bu roman gerçekçilik akımının başyapıtı sayılır.

1835'de La Chronique de Paris adlı bir gazeteyi satın alır.

1836 sonunda "Yaşlı Kız"ı La Presse'e on iki fasikül hâlinde yayımlatarak yeni bir gazeteciliğin başlangıcını oluşturur. Balzac bir hayli yıpranmıştır artık. Fakat İnsanlık Komedyası'na hızla devam eder. Bu arada üç sayı çıkacak bir gazetenin sahibi olur.

1839'dan sonra tiyatroda başarı sağlamak için yinelenen ama başarısız olan çalışmalarının ardından Edebiyatçılar Derneği Başkanı olarak yazarların yayın hakları konusunda çalışmalar yapar.

Gerçek dünyada yolunu şaşırmış dâhi bir delinin arayışı olan, Gerçeği Arayış'da kişinin yıkıcı güçlerini ele alır.

Gününün çoğunluğunu yazmakla geçiren Balzac, yine çıldırma noktasına gelir ve bu dönemde Vadideki Zambak ortaya çıkar.

Balzac'ın 1840–1841 yılları arasında yazdığı, iki arkadaşın birbirlerine gönderdiği mektuplardan oluşan İki Yeni Gelin, önce La Presse gazetesinde 1 Kasım 1841 – 15 Ocak 1842 tarihleri arasında tefrika edilir, daha sonra Souverain yayınları arasında 1842 yılında kitap olarak yayınlanır.

1830'lardan sonra bir toplum tarihi yazmak amacıyla, eski ve yeni romanlarını üç bölüm altında toplar: Birey ve toplum hayatını çözümlemeye yönelik "Analitik Çalışmalar"; bu hayatın nedenlerini tartıştığı "Felsefî Çalışmalar"; bireyin davranışlarının toplum üzerindeki etkilerini kavramaya yönelik "Toplum Gelenekleri Çalışmaları"... Bu sonuncusu ise; özel yaşamdan sahneler, taşra yaşamından sahneler, siyasî yaşamdan sahneler, askerî yaşamdan sahneler ve kırsal yaşamdan sahneler olmak üzere beş bölümden meydana gelmektedir.

Bu tasarı 1834–1837 yılları arasında on iki cilt olarak gerçekleşir. 1840'ta bu yapıtların hepsine Dante'yi hatırlatan bir başlık koyar: "İnsanlık Komedyası".

Bu taslakta 137 roman ve 2000 kişilik karakter söz konusudur. Fakat Balzac, bu projeyi hayata geçiremeden 18 Ağustos 1850 yılında ölmüştür.

1842–1848 yılları arasında on yedi ciltlik bir baskı yapılır. Aynı kahramanların farklı farklı romanlarda yer almaları, hatta hayatlarını değişik romanlarda devam ettirmeleri esasına dayanan İnsanlık Komedyası fikrinin, ilk uygulama alanı gerçekçiliğin baş romanı kabul edilen "Goriot Baba"dır. Balzac'ın bu düşüncesi, bilinen anlamda bir nehir roman değil, değişik yaşantılardan hareketle toplumsal yapının örgüsünü okuyucuya sunabilmektir.

Romanlar birbirini izler. Ve esas önemli olan dönemin şartlarıyla ilgili tahlilleridir. Balzac'a göre Fransız Devrimi adaletsizlik ve eşitsizliklere son vermek bir yana, bunları daha güçlendirmiş, binlerce insanı dışlamış, sıra dışı yapmıştır.

Ömrünün son döneminde kaleme aldığı Cesar Brittoeau, Bette Abla, Esrarlı Bir Vakıa, İki Gelinin Hatıraları ve Kibar Fahişeler onun doruk noktaya çıktığı romanlardır.

balzac'ın ilginç yönleri...

Ω

Balzac, daima başucunda yanan bir mumla çalışırmış.

Ω

O kadar çok kahve içermiş ki; onun kahveyle beslendiğini düşünenler bile varmış.

Ω

Çalışırken bir atkıya sarınır ve bazen ayaklarını suya sokarmış. Öyle ki, onun bu âdetini abartıp roman yazarken keşiş cübbesi giydiğini bile söyleyenler olmuş.

Ω

Müthiş bir hırsla çalışan Balzac, "Her gün şu kadar yazı yazacağım!" diye kendini şartlandırırmış. Şu ya da bu sebeple hedefine ulaşamazsa, sayıyı tamamlamak için önceden yazdıklarını kopya edermiş. Böylece formunu kaybetmeyeceğini düşünürmüş.

Ω

Balzac, akşam sekizde yatar, gece on ikide kalkarak yazmaya koyulurmuş. Bu tempo genellikle tüm hayatına yayılmış. Günde dört saat uyku ve elden düşürülmeyen kahve fincanı...

Ω

Balzac yazdıklarına o kadar çok kaptırırmış ki kendini; hangisi gerçek hangisi kendi uydurması karıştırırmış. Stefan Zweig şöyle bir anekdot naklediyor:

"Bir dostu odasına girer. Balzac ona doğru koşar ve şöyle der: 'Düşün, zavallıcık intihar etti!'

Bu söz karşısında dostunun irkilerek gerilediğini görünce söz ettiği kahramanın sadece kendi hayalinde yaşamış olduğunu fark eder."

sanatın görevi doğayı
kopya etmek değil,
anlatmaktır.

...

Bereket versin ki, şaheserler her zaman için gençtirler.

...

Şairler, olayları ya da duyguları ebediyen canlı kalacak hayaller içinde göstermesini bildikleri için büyüktürler.

...

Zengin yaradılışlı insanlarda hisler ancak dost bir muhitte gelişebilir... Sanatta, ruhumuza muhit teşkil eden ruhlardan onlara verdiğimiz kuvvet kadar kuvvet almamız lâzımdır.

...

Her eserde, bestekârın ruhundan başka, bir de çalanın ruhu işe karışır ve bu ruh, yalnız musikî sanatına vergi bir imtiyaz sayesinde pek büyük değeri olmayan cümlelere mana ve şiir katabilir.

...

Çoraklaşmış yüreklerin mi yoksa boş kafataslarının mı daha korkunç olduğu karşılaştırması sizce doğru değil midir?

...

Ben büyük bir şairim. Şiirlerimi yazmıyorum. Bunlar davranış ve duygularımdan ibarettir.

...

Ve kitap, şairlerin elinde etkisi daha geç duyulan, fakat daha emin olan bir silâh hâline geliyor.

...

Şairle, hareket adamı arasındaki fark buradadır; biri hisleri canlı imajlar hâlinde ortaya koyabilmek için kendini onların kucağına bırakır, ancak sonra muhakeme eder. Hâlbuki öteki duyarken de düşünür.

...

Kibarlar âleminin de bir argosu var, ama bu argonun adı üslup.

...

Sokağımızda her Allah'ın günü gördüğümüz şeyi, resimde görmenin eğlenceli yanı da ne ki sanki?

...

Yeni edebiyatın elime geçen kitapları hep aşk üzerine; bu konu bizi ne uğraştırırdı! Elbette öyle olacak, kadınların yazgısı, erkekler eliyle, erkekler için çizilmiyor mu?

...

Olumlu işlere bağlı insanların çoğu da, yazarların, şairlerin, düşünsel işlerle uğraşanların kararsız, vefasız olduğunu söylerler. Onlar heveslerine uyup hayalden hayale geçtikleri için bunun gönülleri üzerinde de etkisi olması doğalmış.

...

Tiyatro konuşmalarını durmadan yazmak gerekmez; onlar için bir takım nükteli, kısa, etkili sözler bulmak yeter; bunları da zekâ, ağaçların çiçek yetiştirdiği gibi verir; onlar aranmakla değil, beklemekle bulunur.

...

Kırılgan kökleri, daha ana toprakta, sert çakıllardan başka bir şeyle karşılaşmamış, açılır açılmaz çiçeklerini don vurmuş ruhlardaki sessiz acının resmini yapacak, yasını en dokunaklı şekilde ifade edecek sanatçı ne zaman gelecek? Gülücüğü sert bir bakışla sönen yavrunun acılarını hangi şair söyleyecek bize?

...

Hiçbir arzum, Beethoven'in notalarla anlatmaya çabaladığı bu çiçek senfonileri kadar beni etkilememiştir. Bunlar, göğe çıkmak için yapılmış müthiş atılımlardır.

...

Şiirin, resmin ve düşlemle ilgili tatlı zevklerin yüksek ruhlar üzerinde, aradan zaman geçse bile kaybolmayan hakları vardır.

...

Dehası henüz taze ve kesesi boşken, bir üstadın karşısına ilk çıkışında yoğun bir coşku duymamışsa insan, yüreğinde her zaman bir tel, yapıtında bilmem nasıl bir fırça vuruşu, bir duygu, bir şiir anlatımı eksik kalacaktır. Kendilerini bir şey sanan kimi farfaralarda geleceğe güvenme duygusu çabuk ortaya çıkar, ama onları ancak sersemler akıllı sayar.

...

Utanma duygusunu, güzel kadınlar nasıl işve oyunlarında yitirirlerse; bir gün şana, üne ulaşan sanatçılar da bu duyguyu, eserlerini verdikçe, öyle yitirirler.

...

İnsanların aç gözlü, sersemleşmiş, aptal, vahşî yüz ifadeleri, resim ve renk ustalarının ölümsüz kompozisyonları karşısında, doğanın sanata karşı sonsuz üstünlüğünü kanıtlar.

...

İşte, gerçek sanat budur: Bir kırda hiçbir zaman bir üslup hatası yoktur.

...

Her şeyden yararlanmaya kalkan, bencil ve duygusuz olan bizler her şeyi biçiyor, eskiden harikaların yükseldiği yerlere lahana ekiyoruz.

Sevginin sizden esirgediklerini niçin yine sevgiden istemiyorsunuz? Yaşam henüz yeni başlamışken, siz bitti sanıyorsunuz onu. Bırakın da bir dost size sevgiyi öğretsin. Sevilmek öyle tatlıdır ki!

...

Hangi ben'den söz ediyorsunuz? Bende sayısız ben'ler hissediyorum her yüz bir âlemdir...

...

Hem bir kitaptı, hem de bir resim.

...

Kafamızın içinde geçen, dış duygularımızla görülemeyen bütün öteki olaylar gibi bunlar da anlatılamaz. Onun için, ruhumuzun bilinmezlerini hep maddî benzetişlerle anlatmak zorundayızdır.

...

Dünya dillerinin hiçbiri, renklerle, mermerle, sözlerle, seslerle belirtilmiş hiçbir düşünce ruhtaki duygunun heyecanını, gerçeğini, bütünlüğünü, samimiyetini anlatamaz!

...

Ressam dediğiniz, düşünür. Ama fırçalarını eline alır da öyle düşünür!

...

Sanatkârlar boyunduruk altında yaşamaktan nefret ederler.

...

Düş kurmanın hoşluğu, tümü ile onun belirsizliğindedir; zihnin bir çeşit buğusu değil midir o?

...

Allahım, büyük servetlerin, güvenli yaşamların olmadığı bir ülkede büyük sanat eserlerinin doğmasının imkânsız olduğunu anlamıyorlar?

...

O kadar çok biçimde anlatılabilirdi ki, en sonunda anlatılamaz olup çıkıyordu.

...

Gerçekte, savaş kan hovardalığıdır, siyaset de çıkar hovardalığı.

...

Din, sevgi ve musikî, bir tek olayın, her ulu ruhun dokunmuş olduğu tecelli ihtiyacının üçüzlü dile gelişi değil midir? Bu üç şiir doğruca Yaradan'a gider...

...

Bir edebiyatın da genel bir düzeni olmazsa, kökleşemez, içinde yaşadığı yüzyılla birlikte erir gider.

mutluluk sadece hatıralarda kalır...

...

Bulunulan yerlerin insan ruhunda yaptığı etki önemlidir. Mesela deniz kıyısındayken içimizi bir hüzün kaplar. Fakat dağlara çıktığımızda duygularımız arınıp durulaşır. Sevgi, gücünden yitirmiş göründüğünü, derinlikten yana kazanır.

...

Bu duru gök altında, bu ışıltılı sular karşısında hiç kimse put gibi duramaz. Pek çok tutku ölür orada. Her akşam, kızıl mavi bulutlar arasında batan güneş gibi, siz de orada, sakin bir mutluluğun koynunda uykuya dalarsınız.

...

Güz günleri insana bu dünyadan göçüp gitmiş olanları hatırlatır.

...

Mutluluk insanı bencilleştirir.

...

Mutluluğumun bedelini korkunç felâketlerle ödemekten çok korkuyorum.

...

Felâketlerin elinde oyuncak olmuş zavallı bir adamı mutluluğa inandırmak kadar güzel bir şey yoktur.

...

Sağlıktan daha önemli olan bir şey daha vardır ki; o da sağlığın değerini bilmeyi öğrenmektir.

...

Mutluluk insanın kavga çıkarmasını engeller.

...

Ben huzur içinde uyurum. Yastığımda dikenler yoktur benim.

aşk aslında,
bencil bir tutkudur...

...

Her aşk, beraberinde yeni bir dertle gelir...

...

Aşk, insanı alıp götüren eşi bulunmaz bir taşıttır.

...

Aşkın güçlü kanatlarıyla bile aşılamayacak uçurumlar vardır hayatta.

...

Nasıl temizlik ve saflık çocukluk çağlarında kalırsa, ilişkinin büyüsü de aşkın ilk günlerinde kalır.

...

İrade dışıdır aşk, her şeyi alıp götüren bir hırsız gibidir.

...

Aşk, daha bir gün önce kendisine sıradan ve bildik gelen her şeyde bütünüyle yepyeni bir çekicilik bulmaktır.

...

Aşağılık duygusu ya da değersiz olma korkusu aşkta en erken görülen belirtilerden biridir.

...

Sevilen uzaklaştıkça âşığın arzuları da şiddetlenir.

...

Gerçek âşıklara göre para ile duygu asla barışamayacak iki düşmandır; çünkü duygunun yanında paranın hiç değeri yoktur.

...

Her hayat bir yanma gerektirir. Yanmanın ateşi ne denli kuvvetliyse yaşantılar da o denli kuvvetli olur. Yanmanın ateşi zayıfladıkça hayatın gücü de azalır.

...

Sevmek yalvarmayı, gerektiğinde beklemeyi gerektirir.

...

Küçücük tebessümler insanın başına büyük belâlar açacak denli kuvvetlidir.

...

Bir insanın karşısındakine elini vermesi ile kalbini vermesi aynı şey değildir.

...

Âşıklar ve din şehitleri çilenin çocuklarıdır.

...

Aşk bazen son derece merhametsizdir.

...

Gerçek aşk o kadar az bulunur bir şeydir ki, birlikte mutlu olacağımızı düşündüğümüz insanla hiç karşılaşamadan da yaşamımızı sürdürebiliriz.

...

Aşk yaşanması çok zor olan bir mucizedir. İnsan çoğu zaman kendi kendiyle bile hemfikir olamazken bir başkasıyla koca bir hayatı paylaşması ne kadar mümkündür, Allah bilir.

...

Kıskançlık hiç uyumayan bir nöbetçidir; nasıl acı, ağrı insanı uyandırırsa, kıskançlık da aşığı uyandırır, hiç yanılmaz.

...

Aşkın iki yüzü vardır; biri buyurur, diğeri bu buyruklara uyar.

...

Bütün sırların en çabuk yayılanı aşktır; kadınlar, bir kere sevdiler mi, artık kendilerini tutamayıp duygularını herkese anlatırlar.

...

Aşk genellikle topluma da, doğaya da aykırıdır.

...

Ayrılık basit duyguları köreltir, aşka düşmüş bir gönlü ise daha çok yakar.

...

Sevgililerin birbirlerini çok sık görmesi, genelde sevgiyi azaltabilir. Çiftlerin sürekli görüşmesi, ilişkilerini hayatın küçük bir ayrıntısı haline getirebilir.

...

İnsan öyle ulvî bir varlıktır ki, bünyesinde hayvanlık ve melekliği birlikte barındırır. Bu nedenle, insan ölümlüye de, ebedî olana da âşık olabilir.

...

Büyük sevdalar benliğimizde öyle derin izler bırakır ki, önceleri tüm kötü alışkanlıklarımızın yerine geçer, ama bir süre sonra kişiler birbirlerine iyice alışınca eski alışkanlıklar tekrar dirilir. Bu durumda kişiler birbirini incelemeye başlarlar. Ayrılıklar da, soğukluklar da bu dönemde görülür.

...

Acıdan, umutsuzluktan, aşktan kimsenin ölmeyeceği sanılır. Oysa binlerce kadın hastalığının sebebi bunlardır.

...

...

Hayat dediğin budur işte. Bir yanda büyük iddialar, öbür yanda küçücük gerçekler...

...

Bir erkek, bir kez aldatınca, artık yalan üstüne yalan söylemeye mecbur kalır.

...

Yakışıklı erkeklerin iyi olacağına dair öngörüler çoğu zaman yanlış çıkar; çünkü onlar, hayata başlarken, hiçbir güçlükle karşılaşmadıkları için yeteneklerini geliştirmezler. Toplum onları önce şımartır, sonra da bu şımarıklıklarını pahalıya ödetir.

...

Erkekler, kahramanca hareketlerin kadınları ne kadar büyülediğini bilseler, hepsi de büyük işler başarmaya çalışır, en korkakları bile birer kahraman olmak ister.

...

Bir hiç olan erkek, tüyler ürperticidir ama ondan da korkunç bir şey vardır ki o da, hiçleştirilmiş erkektir.

...

Eğer hatırlı bir erkek olmak istiyorsan, verdiğin sözü dinin gibi kutsal saymalısın ve onurun gibi üzerine titremelisin.

bir kadının bakışı,
bir göz atmada
her şeyi görüverir.

...

Kusurlarını sevdirebilmesi kadınlığın şanındandır...

...

En saf kadınlar bile rol yapmada ne kadar usta oluyorlar!

...

Uzun boylu, iri yarı general, zırhlı süvarilerini nasıl yönetiyorsa, bu ince, küçük kadın da generali öyle yönetiyor.

...

Kadın evlenince istediğini yapamaz artık, aile ocağının hem kraliçesi, hem kölesidir. Kadınların kutsallığı toplumun ödevleri ve özgürlükleriyle bağdaşamaz. Kadınları özgürleştirmek, onların ahlâkını bozmaktır.

...

Kadınlar istediklerini yapmak için ne türlü bir güce başvuruyorlar, bilmiyorum. Çünkü görünüşlerin ve kendi güçsüzlüklerinin tersine, sonunda baskın çıkan yine onlar oluyor.

...

Kadınların yüzleri otuz yaşında kişilik kazanmaya başlar ancak. O yaşa dek bir ressam onların yüzlerinde pembe ile beyazdan, tek ve aynı düşünceyi tekrarlayan gülümseyişlerle, ifadelerden başka şey bulmaz.

...

Bilmiyorum ruhlarındaki nasıl bir eğilimden dolayı, kadınlar kabiliyetli bir adamın ancak kusurlarını, bir aptalın da ancak meziyetlerini görmeye alışmışlardır.

...

Bütün kadınlar erkeklerinde kendi benliklerini okşayacak şeyler bulmak isterler. Bizi severken de yine kendilerini seviyorlardır.

...

Ömürlerini "Acaba bu şal bana yakışıyor mu?" diye aynaya bakmakla geçiren kadınlarda bağlılık diye bir şey yoktur. Onlar için sevgi demek buyurmaktır, buyruğa uymak değil.

...

Gönlüyle, etiyle, kemiğiyle bir erkeğin eşi olan gerçek kadın, hayatını, kuvvetini, şerefini, mutluluğunu sağlayan erkek nereye giderse peşinden gider.

...

Gece kadındır... Gece ne güzel!

...

Kendilerini bize vermeyi göze alan zavallı kızlar uğruna ölmeyiz biz!

...

Rahipler, yargıçlar, bir de kadınlar cübbelerinden hiçbir zaman tamamıyla sıyrılmazlar.

...

Bir zorluğa küstahça meydan okundu mu, o zorluk ortadan kalkmış demektir. Bu altın cümle kralların kafasından çok daha derin olarak kadınların yüreğinde yazılıdır.

...

Kadınlar, en olduğu gibi görünenleri bile, gündüz yine de toplumun gözettiği kurallara uyarlar.

...

Tutkulu bir adam, bir kadının değerini, onu ele geçirmek için katlandığı zahmetle ölçer.

sadakatte kadınlar,
erkeklerden çok üstündürler...

...

Her durumda, kadınlar, acı çekmeye erkeklerden daha çok mahkûmdurlar ve dertleri çok daha keskin hissederler. Erkekler fizik sağlamlığına sahiptirler ve kendi koşulları üzerinde belli bir denetimleri vardır. Aktif ve meşguldürler, başka sorunları da düşünebilirler, geleceği gözlemle bekleyebilir ve onda avuntular bulabilirler. Ama kadınlar üzüntüleriyle baş başa evde otururlar ve onları bundan uzaklaştıracak hiçbir şey yoktur. Battıkları hüzün boşluğunun derinliklerine dalarlar ve bu boşluğu dualarının, gözyaşlarının sesiyle doldururlar.

...

Her kadın bir rakibin üstünlüğü veya aşağılığına karşı nasıl davranmak gerektiğini kendiliğinden bilir.

...

Bir kadında sevilecek şeyin her şeyden önce güzel bir ruh, mutlu günler yaşatacak bağlılık olduğunu, birkaç yıllık evlilikten sonra bir koca için dünyanın en güzel kadınıyla en çirkini arasında bir fark kalmadığını anlamıştı.

...

İncelik nasıl kadının güzelliğiyse sadakat de dehâsıdır.

...

Güzelliğinize kanmayın; çirkinlik çabucak gelir dayanır kapınıza!

...

Daha bilgili oldukları için her şeyi kavrayabilen erkekler, bir kadın için sevdiği adamın düşüncelerini anlayamamasının nasıl acı bir şey olduğunu bilemezler. Bizden daha bağışlayıcı olan kadınlar ruhlarının dilini anlayamadığımız zaman seslerini çıkarmazlar, duygularının üstünlüğünü göstermekten çekinir, acılarını da, zevklerini de büyük bir sevinçle gizleyebilirler. Ama sevgi bakımından bizden daha tutkulu olduklarından erkeğin kalbine sahip olmakla yetinmezler, onun düşüncesini de bilmek isterler.

...

İlginçtir; bolluk içinde yetişen kadınlar, gerçekten sevildiğine inanıp da mutlu olduklarında çok da zengin olmayan bir yaşam tarzını düşünmeksizin kabul ederler. Hiç alışkın olmadıkları bu hayatın şartlarına seve seve katlanırlar. Tek korkuları bu mutluluğu yitirmektir.

...

Kadının en çekici yanı, durmadan erkeğin iyilikseverliğine sığınması, zaafını ona gurur verecek, duygularını uyandıracak şekilde göstermesidir.

...

Yanından geçenlerin kaçıştıkları bu ihtiyarlık hâli, vaktiyle her türlü zevke saldıran hayâsız bir gençliğin zaferlerinin cezasını mı ödüyordu?

...

Papağan gibi gevezeleşip erkeğine olan aşkını sözleriyle ispat etmeye çalışan kadınlar, gerçekten sevmezler. Eğer söylediklerini gerçekten hissetseler, yani âşık olsalar, kırgınlıklarını, aşklarını, umutsuzluklarını, öfke ve pişmanlıklarını yüreklerine gömerlerdi.

...

Eski Yunan, Roma ve Doğu milletleri kadını hareme kapamışlar. Seven kadın, bu işi kendiliğinden yapabilmeli oysa.

...

İstediğim kadında iki tür özellik bulmayı hayal ederim: Bir tarafta şiir, zevk, aşk, vefa, güzellik, cana yakınlık. Öteki tarafta ise, asalet, şeref, görgü...

...

Kadın, cellâtlara yakışan zekâsı ve işkencedeki ustalığıyla erkeği daima mahvetmiştir ve edecektir de.

...

Kadın dediğin zincirsiz bir kaplandır; gevezelik eden ve aynada suratını süzen bir kaplan.

...

Kadınlarda hoş olan her şey gizlilikten doğar.

ey erdemin simgesi kadın!
sen hayatın gözlerinin
ta içine baktın mı?

...

Hastalık, kadınların çoğu zaman kendileriyle bir kavga fırtınası arasına koydukları bir paravandır.

...

Soylu, eli açık kadınlar vardır, büyük bir adamın yanında acılara katlanır, onun yoksulluğunu paylaşır, türlü huylarını, heveslerini anlamaya çalışırlar; bazı kadınlar nasıl pervasızca süslenir, duygusuzluklarını nasıl pervasızca gösterirlerse, onlar da sevmekten, çile çekmekten öylece çekinmezler.

...

Umumiyetle, kadınların özel bir inanışları, kendilerine göre bir ahlâk düsturları vardır; menfaatlerine, ihtiraslarına yarayan her şeyin doğruluğuna inanırlar.

...

Krallar da kadınlar gibidirler, kendileri için yapılanı zaten yapılması gereken bir şey olarak görürler.

...

Kalabalıklarda sevilecek kadını bulamazsınız. Sizi sevecek kadın yalnız yaşayan biri olmalı ki, onun en büyük mutluluğu sizin bakışlarınız olsun. Bu kadın sizin her şeyiniz olsun, çünkü zaten siz de onun için öyle olacaksınız. Onu çok sevin, acı çektirmeyin ona, karşısına rakipler çıkarmayın.

...

Dünyada en güzel şey, birinin sizi seviyor ve anlıyor olmasıdır.

...

Her ruhun kendine göre bir belirtisi vardır. Örneğin bazı kadınlar sevgileri için mücadele ederler, bazıları da güçlükler karşısında diz çöküp dua eder ve en sonunda can verirler.

...

Genç kızlar, insanlar üzerinde, duygular üzerinde, toplum üzerinde, çoğu kez kendi kendilerine pek hoş imgeler, ülküsel çehreler meydana getirir ve asılsız bir takım düşler kurarlar. Sonra bir insana kendi hayal ettikleri bir takım yetenekleri masumca mâl ederler, buna kendileri de inanırlar. Seçtikleri erkekte, aslında bu düşsel yaratığı severler. Ama sonra, felâketten kurtulmak için artık iş işten geçtikten sonra, süsleyip püsledikleri o dış görünüş, yani başlangıçta put diye tapındıkları o nesne iğrenç bir iskelet hâline gelir.

...

Duygularını çok canlı sözler kullanmadan anlatmaktan yana, kadınların eşsiz bir ustalığı vardır. Onlardaki anlatma gücü özellikle tavırda, davranışta ve bakışlardadır.

...

Bir kadın, başka bir kadının dikiş dikme biçiminden neler düşündüğünü sezer.

...

Bütün kadınlar gibi, herkesin gözü önünde kendisine sevgi gösterilmesine karşılık birçok şeyi bağışlayabilirdi.

...

Kadın izah edilemez bir mahlûktur vesselam!

evliliğin sıkıntılarına
katlanamayacak kadar
gençsin sen.

...

Evliliğin her şeyi kemiren bir canavarla bıkıp usanmadan boğuşması gerekir: Alışkanlık.

...

Kocalar da hükümetler gibi, hiçbir zaman yanıldıklarını açığa vurmamalıdırlar.

...

Bir insan evlenirken, bütün toplumsal kurallara uymak, bütün toplumsal yasalara boyun eğmek durumundadır.

...

Yirmi yıl beraber yaşadıktan sonra bir kadının kocasına olan sevgisini bu kadar artacağını hiç ummazdım.

...

Bazı erkeklerin sürekli huzursuzluklara neden olan huysuzlukları vardır. Bunlar evliliğin gerçek güzelliği olan evdeki uyumu bozar.

...

Kendisinde noksan olan şey, kadını ikinci defa kadın yapan güzel elbiseler ve aşk mektupları idi.

...

Nikâhın amacı hayat, aşkın amacıysa sadece zevktir; ama zevkler geçtikten sonra da nikâh kalır, birleşen bir erkekle bir kadının ilişkisinden çok daha sıkı bağlantılar oluşur. Bunun içindir ki nikâhın aşktan çok sevgiye, verdiği lezzetler uğruna birçok insanî kusurlarına göz yuman sevgiye dayanması belki daha doğrudur.

...

Bir kadında hem bir sevgilinin çekiciliği, hem de bir eşte aranan üstünlükler bulunmalı.

...

Birbirini iyice tanıyan, birbirine güveni olan bir kadınla bir erkek sonsuz şeylere her gün yeni bir yüz vermenin, hayatı her zaman bir büyüyle yoğurmanın sırrını bulunca, evlilik insana sonsuz, korkusuz bir mutluluk duygusu verir.

...

Evlilik hayatının temeli tutku olamaz, aşk da olamaz.

...

Nikâh, tevekkül ve sadakat üzerine kurulur.

...

Bu, açlıkla susuzluğu evlendirmek olurdu. O işçi ben işçi, çocuklarımız olursa, onlar da işçi olacaklardı... Yo, hayır, biz ruhça sevişiyoruz... Bu daha ucuz!

...

Evliliğin kederlerine, sıkıntılarına katlanamayacak kadar gençsin, güçsüzsün, incesin sen. Annenle ben seni nasıl şımarttıksa onu da anası babası öyle şımartmıştır. İkiniz de bildiğinizi okumak isteyeceksiniz, iradeleriniz çatışacak, bu koşullar altında anlaşacağınız nasıl umulabilir? Ya sen onun kurbanı olacaksın ya o senin. Her iki durum da bir kadının yaşantısına eşit sayıda mutsuzluklar getirir.

aile yaşamının zevkleri
insanın her derdini
unutturuyor...

...

Şuna emin ol ki, aile arasındaki muhabbetler en güven dolu muhabbetlerdir.

...

Bir kadının kocasına gösterdiği sevgi ve saygı aileye de sirayet eder.

...

Bir anne yüreği, dibinde daima af bulunan bir uçurumdur.

...

Çocuklar, siz hatıraları feda etmenin ne olduğunu bilemezsiniz. Fakat sizin için neler feda edilmez.

...

Bizim eserlerimiz, çocuklarımızdır. Çocuklarımız, bizim tablolarımız, kitaplarımız, eserlerimizdir. Onların ilk terbiyelerinin sanatçıları değil miyiz?

...

Yavrularım bu ne garip şey. Huzurumu, benim yanımda olmanızı hep ıstıraplarınıza borçluyum. Bana yalnız gözyaşlarınızı bildiriyorsunuz, evet beni seviyorsunuz, görüyorum bunu. Gelin, gelin dertlerinizi şuraya dökün! Kalbim büyüktür, her şeyi içine alabilir... Evet, bu kalbi parçalamanız beyhudedir, çünkü parçalarından da baba kalbi meydana gelir. Sizin ıstıraplarınızı almak, sizin için ben ıstırap çekmek isterdim.

...

Kızlarımın hayatlarındaki karışıklıklara yalnız ben sebep oldum, onları ben bozdum. Vaktiyle şeker istedikleri gibi, bugün de zevklerini istiyorlar. Genç kızlıklarında akıllarına gelen her şeyi daima elde edebilmelerine izin verdim. On beş yaşında iken özel arabaları vardı. İsteklerine hiç engel olmadım. Evet, ben günahkârım, fakat bana bu günahı işleten sevgim oldu.

...

Onlar için her fedakârlığa evvelden razı oluşum, yaptığım hiçbir işte bir kıymet bırakmadı.

...

Bir kadın, aile hayatına yüksek derece bir ateşle başlarsa, bu ateş gün geçtikçe artmaz, eksilir.

...

Bir dâhinin karısı, kocasına uyup yaşayabilir. Oysa bir budalanın karısı, kocasından akıllı olduğunu sezerse, hemen dizginleri eline almalıdır; yoksa büyük felâkete uğrar.

...

İnsan kendini herkese, çocuklarına bile arattırmalıdır.

...

Allahım! Çocuğu anasına nasıl ağrılarla bağlıyorsun? Bu sevgi, yüreğimizde dursun diye nasıl çivilerle çakıyorsun.

...

Bir çocuk daha on beş yaşındayken, dünyayı bilen bir adamın kendine güvenini, ustaca tavrını edindi mi artık o çocuktan hayır gelmiyor, yirmi beşinde ihtiyara dönüyor. Vaktinden önce edindiği bu bilgi onun, gerçek, ciddi, yeteneklerin temeli olan şeyleri öğrenmesine fırsat bırakmıyor.

...

Annenin görevlerinden biri de çocukların yeteneklerini, huylarını, eğilimlerini daha küçük yaştayken anlamaktır; başka kimsenin, hiçbir eğitimcinin elinden gelmez bu.

...

Annelerin büyüttüğü çocuklar, yolu yordamı daha iyi biliyor, daha terbiyeli, daha nazik oluyor, bunlar doğal inceliğin yerini tutabilir, ama incelik, insanların annelerinden öğrendiklerinin yerini tutamaz.

...

Allah, çocuğu kurnaz ettiği gibi annesini de kurnaz etmeseydi bilmem hâlimiz ne olurdu? Çocuk, büyük politikacılar gibidir; ama bütün politikacılar gibi onu da avucumuzun içine almak elimizde; tutkularından yakalamak şartıyla.

...

Misafirlerine karşı çok efendice hareket eder. Ailesine neden böyle davranmaz acaba?

...

Bir karım, çocuklarım, bir ailem olsaydı, onları ne kadar severdim bilsen! Hayatta bütün ihtirasım birkaç varlık tarafından bir köşede sevilmekten ibaret. Hayat herkes için acı. Benim dilediklerime sahip olmuş nice insanlar gördüm, onlar da mesut değildiler.

...

Namus, iffet yolundan sapmak evli bir kadın için affedilmez bir suçtur.

...

Demek ki saklamalı, hesaplamalı, yalancı olmalı, başka huyda görünmeli; hem de her zaman için, öyle mi? Of! Böyle nasıl yaşanır!

...

Birçok çapkın erkek onu baştan çıkarmaya kalkıştı; o tek başına kaldı, ama namuslu kaldı. Kocasının ağzından kaçan birkaç aşağılama sözü, onda büyük yaralar açtı.

...

Aldığı eğitimin gerekleri, dinsel inançları ve özellikle o zamana dek baba evinde geçirmiş olduğu alçakgönüllü yaşamın anıları, kötü düşüncelerine üstün geldi.

...

Karısına sürekli karşı gelişi, aslında karısının gücünü gösteriyordu.

...

Hayâ hissi kadının ta kendisi değil midir zaten.

...

"Anne!" Bu güzel, bu çocukça çağırış öylesine soylu duygular, öylesine dayanılmaz sevgiler uyandırdı ki, aşk, bir an için, analığın güçlü sesi altında ezildi. O artık kadın değil anaydı.

...

Çocuklarınıza karşı gevşek davranmak onların saygısını azaltır; haksız yere sert davranmak onları kırar; özveriden kaçınmak ise onları sizden uzaklaştırır.

...

Annenin kimi bakışları, sesi, davranışları vardır ki bunların gücü, çocukların ruhlarını yoğurur.

...

Zamane çocukları işte ne yaparsın! İhtilalden kazandığımız bu. Her şey çocukların artık... Babalar silindi!

sevmek, bir başkasının
hayatını yaşamaktır...

...

Kalp için küçük olay diye bir şey yoktur. Kalp her şeyi büyütür...

...

Hilesiz bir tutkunun kendine özgü sezgisi vardır.

...

Sevilmek ne tatlı şeymiş.

Himayesiz kalan bütün mahlûklar gibi, o da, kendisine tatlı bakan ilk kadını sevdi.

...

Aklımı kaybediyorum, artık ben hiçbir hesap yapmadan kalbimi dinleyeceğim. O iyi bir yol göstericidir.

...

Duygular dünyasına hiç ayak basmamıştı. Sevdiği kadının önünde hareketsiz durması, kafasında bin bir cümlenin çarpıştığını duyduğu halde, söyleyecek tek kelime bulamaması bu yüzdendi işte.

...

İki vücudu tek bir vücut hâlinde birleştiren iyilik ve merhamet, hakiki aşk kadar anlaşılmamış ve o kadar narin olan semavî birer ihtiraslar. İkisi de güzel ruhların cömertliğidir.

...

"Ah şımarık çocuk ah!" dedi. " En iyi yürekli insanlar bile çok zalim olurlar bazen. Biz ömrümüzü size adarız, yalnız sizi düşünürüz, rahatınızı hazırlarız, türlü heveslerinize kendi zevklerimizi feda ederiz, size canımızı bile veririz. Derken bir başkası çıka gelir. Bir sevgili, gönüllerinizi elimizden alıverir."

En korkusuz adamı korkak, inkârcı birini dindar kılan, insanı her şeye, hatta aşka bile ilgisiz bırakan, o garip ruh halini ben de tattım.

...

Ne yazık ki, çocukluk çağımızın kahkahaları gibi, bu bahar sevinçleri de geçip gidecek

seni gereğinden çok sevdim...

...

Onunla konuşurken, kendi kendime düşünüyor, düşündüğümü yüksek sesle söylüyor gibiyim. O da bir başka biçimde benim kendimdir.

...

Sevgi hem bir tutku, hem bir ihtiyaç, hem bir duygu, hem bir görev, hem bir zorunluluk, yani mutluluğun ta kendisi değil midir?

...

Seni pek sevdiği için, sen er geç, onu hor göreceksin.

...

Sevilmek ister misiniz? Öyleyse sevmeyin.

...

Bencillikle kirlenmiş sevgiler insanı mutlu etmiyor. İnsan yüreği her türlü çirkinlikten tiksiniyor.

...

Her sevgi diğerlerinden çalar.

...

Öyle bir an geldi ki, sözler aciz kaldı, onların yerini gözlerin dili aldı.

...

Yeni sevgi, yeni keder demektir.

...

Duyguların, kalbin içinde kalmaları gereken makul ölçüleri vardır.

...

Onu yalnızca sevmiyorum, ona saygı da duyuyorum.

...

Birini seven insan, öbür insanlara ihtiyaç duyar, onları sevgilisine feda etmek için!

acıların en güç bastırılanları
en gizli olanlarıdır...

...

Üzüntüsü ne bir hesaptı ne de bir şiir, bir duyguydu yalnızca...

...

Dünyada birbirine benzeyen iki dert kadar anlaşıp kaynaşan duygu yoktur.

...

Karşılıklı bir saadet gibi, ortak bir felâket de ruhları birbirine kenetler.

...

Kurt, yemişin en iyisine, çiçeğin en güzeline düşer.

...

Kuşku, kendi kendimizle bir çarpışmadır, bize onulmaz yaralar açar.

...

Acı ile terbiye ediliyoruz.

...

Halk tabakası, en büyük ruh acılarını sessizce geçirmeye alışıktır.

...

Uykunun alt edemediği acı yoktur.

...

Acı çekmenin ne demek olduğunu bildiğim için, başkalarına acı çektiremem.

...

Onu sürekli bağışlıyordum, bu yüzden bana çektirdiği acılardan haberi bile olmamıştır.

...

Allah, sevgiyi, acıyla tanıyanları bağışlayacaktır.

...

Acılarımızla yaşamak zorundayız ve yalnız din, gerçek avuntular verebiliyor bize.

her acı, insana
bir şey öğretir...

...

Kesin bir üzüntünün etkisinden çok, boşa çıkmış umutlar yüzünden ölürüz biz.

...

İnsan acılarını unutmasını bilmeli, ya da kendi mezarını kazmalı.

...

Kiminin nasibi gitmek, kiminin de ağlamak.

...

Kederle dolu olan bardak, içine en ufak bir acı bile atılsa, taşıverirdi.

...

Felâketlerin iyi tarafı, bize hakiki dostlarımızı tanıtmasıdır.

...

Sağlığı yerinde bir insan bir hastalık unsurunu nasıl vücudundan dışarı çıkarıp atarsa mutlular dünyası da mutsuzları bağrından koparıp atar.

...

Yalnız Allah'a açabileceği bir üzüntüsü vardı.

...

Her insanın acı çekmesi farklıdır.

...

Istırap çektiğin anlarda, bu dünyanın bir tecrübe dünyası, gelip geçici bir şey olduğunu unutma.

...

Kaderin pek gizli yolları vardır, ciğerleri ve kalpleri tetkik eder.

...

Sende anasının dizi dibinden hiç ayrılmamış bir çocuğun saflığı ve temizliği var.

...

Mutluydu, arkadaşlarından çok hoşlanıyordu. Hiçbir tarafında ağrısı sızısı yoktu. Fakat hayat damarları temelinden çürüyordu. Ne üzüntüsü vardı ne de arzusu.

manevî işkencelerin en büyüğü: yalnızlık!

...

Kazandığım başarılara karşı ödüller alırken bile, ne annem ne de babam vardı orada beni kutlayacak; oysa bütün arkadaşlarımın velileri salonu doldurmuştular. Alışılageldiği üzere armağan dağıtan kişiyi öpecek yerde kucağına kapanıp hıçkıra hıçkıra ağladım.

...

Yalnızlık, boşluk demektir. Ruh da tabiat kadar ürker boşluktan. Bir dâhi barınabilir yalnızlıkta, bir de sufi. Dâhi, ruh dünyasının kızı olan düşüncelerle doldurur yalnızlığını. Sufi için yalnızlık, göklerin nuruyla pırıl pırıldır, ilâhî nefes ve seslerle doludur. Cenneti içlerinde taşıyan bu iki adamın dışında kimse dayanamaz yalnızlığa.

...

Hayatta yalnız olan insanların bu dünyadan kopuk olduklarını düşünmeyin. Çok acı çeken insan, çok yaşamış demektir.

...

Çoğu zaman ruhsal yalnızlıkların, coğrafî yalnızlıklardan daha kötü etkiler doğurduğu görülür.

...

Vicdanımız, yanılmaz bir yargıçtır, biz onu öldürmedikçe...

...

Bundan sonra onu ancak vicdanı yola getirebilir.

...

İnsan verdiği sözü servetinden bile üstün tutmalı. Sözünü tutmak insana servet kazandırır çünkü ve dünyanın bütün servetleri bir araya gelse, insanın sözünde durmayışı yüzünden vicdanında yer eden lekeyi silemez.

...

Kalın bulutların arasından karanlık vadilere vuran güneş ışıkları gibi, içimizde birdenbire doğan düşünceler vardır. Hüzün verici düşüncelerdir bunlar, yatıştırılamaz bir uyanış! Olmuş bitmiş olayları anlatırlar, yaptığımız yanlışlıkları gösterirler bize, kendimize.

ölüm, en dehşetli uyanış değil mi?

...

Ölmekte bir tat buldum da tadarak ölüyordum.

...

Eski ve modern heykeltıraşlar ekseriya ölüm yatağının her iki yanına, ellerinde meşaleler taşıyan periler yerleştirmişlerdir. Bu ışıklar can çekişenlere, bir taraftan da hatalarının, kusurlarının tablosunu aydınlatırlar.

...

Ölüm hâlinde olanlar, kendilerini her şeyi ele geçirmeye sevk eden bir döngünün elinde oyuncaktırlar, tıpkı bir yangında en kıymetli eşyalarını kaçırmak isteyen insanlar gibi.

...

Bu dünyadan, dostluğa karşı inancım yıkılarak mı gideceğim! Beş yaşında başlayan ve okullarda süren bir kardeşlikten kuşku duyarak, demek iki kez ölümü tadacağım!

...

Bazı insanlar ölür ama onların kefenleri yüreğimiz olmuştur. Hatıraları her gün kalbimizin çarpışıyla beraberdir.

...

Ben nasıl ölebilirim? Hiç yaşamadım ki!

...

Kendileri için yaşamın artık tadı tuzu kalmamış bütün insanlar gibi, ölümü mutlu bir son olarak görüyordu.

...

Ölmeyi beceremediğime göre, anılarıma bağlı kalmam gerek hiç olmazsa...

...

Hayatımı kalbime bağlamadım; çünkü kalp kırılır, duygularıma bağlamadım; çünkü duygular coşar, kafama bağladım; çünkü kafa sağlamdır.

ümit etmek iyi şeydir
dostum...

...

Çok şükür, bu günün bir de yarını var.

...

Yarın, birçok mutsuz insan için anlamsız bir kelimedir. Ben ise hep mutlu bir yarını düşünerek bugünü yaşadım.

...

Sadece acılara dayanan gözlemler eksiktir. Mutluluğun da bir ışığı vardır.

...

Dakikalar mutluluk getirmesi beklenilen yüzyıllardır.

...

Umut cesaretin yarısıdır...

...

Umut ve merak insanı istediği yere götürür.

...

Benim ağıtlarımı dinleyecek güç yoksa sende, bana yarım saatlik can sıkıntını borç olarak veremeyeceksen, yat uyu!

...

Gerçek dostlar, manevî bakımdan, köpeklerin koku alma duygularındaki mükemmelliğe sahiptirler; dostlarının duyduğu ıstırabın kokusunu alırlar, sebeplerini sezerler, onlarla ilgilenirler.

bu kadar kötülüğe
yalnızca din çare bulabilir...

...

Demek, kinin damarlarınızda kasırgalaştığını duymadınız hiç!

...

Kinin ömrü sevgiden daha uzundur.

...

Bazı hisler, bazı terbiye duyguları imdadıma koşmasa, içinde bütün fikirlerin körlendiği, seciyelerin küçüldüğü, ruhun bütün kuvvetlerinin darmadağınık olduğu tabiatımın istediği yaratık olmaktan çıkacağım.

...

Münakaşa edebilmek için, iki insanın önce anlaşması lâzımdır. Anlamayana iğneli sözler söylemekte ne tat vardır?

...

Nefretler, fikirlerin değil mizaçların çarpışmasından meydana gelir.

...

Kızmamak lâzım, yoksa intikamımı alamam.

...

Şimdiye kadar kepazelikleri şarap üzerine yaptık, hayatı sarhoş kafayla tarttık, yediklerimizi sindirirken de insanlara, olaylara değer biçtik. Gerçekler bakımından toy olduğumuz için dil bakımından ataktık.

...

Böyle çirkin ömür süren insanlar arasında, hiç iyi örnekler görmeden yetiştiğiniz için bağışlamamız gerekir sizi.

...

Ahlâk düşkünlüğü yaygın, kabiliyet nadirdir. Bu sebeple, ahlâk düşkünlüğü pek bol olan kabiliyetsizliğin silâhıdır, bu silâhın ucunu her yerde hissedeceksiniz.

...

Namus yönünden uçlarda gezen kimseler şehvet yönünden de aşırılıklara giderler.

...

Çifte şeytanlık var şimdi içinde; kendi şeytanlığı ve şarabın şeytanlığı.

...

Serinlemek için banyoya girer gibi günaha dalan bir iblistir o!

önce ahlâkınızı değiştirin,
sonra kanunlarınızı da
değiştirirsiniz....

...

Her toplumda saf bir hayat ve lekesiz bir dürüstlük, en kötü kalplileri bile bir çeşit hayranlık duymaya sevk eder.

...

Eski bakan, yüksek konuma çıkalı beri güzel şeyleri toplamak merakına kapılmıştı. Bunu herhalde, içinde en çirkin hareketleri gizlice toplayan politikaya, bir karşılık olsun diye yapıyordu.

...

İnsan, şeref ve hakikat yolunda mahvolmaz.

...

- Erdem bütün vahşî duyguları, kalbimizin ta dibine gömebilmekmiş.

- Kalbin ta dibi de neymiş?

- Bizde kötü her ne varsa onları gizlediğimiz...

...

Bu dünyada dürüst insanlar daima sürünürler!

...

Yalan, çoğu zaman gerçekten daha çok hoşa gider.

...

Eğer kurtuluşunuz için çalışmak istiyorsanız önünüzde iki yol vardır: Ya dünyayı terk etmelisiniz ya da dünyada yaşayıp onun yasalarına boyun eğmelisiniz. Ya dünyadaki yazgınızı izleyeceksiniz ya da göksel görevinizi, insanlık misyonunuzu yerine getireceksiniz.

...

Yaşamı boşu boşuna harcanmıştı.

...

Tarih, bu dünyada olup biten şeylerin yükselme ve alçalma sebeplerini tekrarlamak suretiyle insana, melekelerinin faaliyetlerini nerede durdurması lazım geldiğini haber verebilir;

...

Yaradılışımız gereği mutluyken başımıza gelen herhangi bir olumsuzluğu, kederliyken tadacağımız zevkten daha fazla hissederiz.

çok şükür, bir yaratıcı var.
yoksa hiçbir şeyin
anlamı olmazdı...

...

Açıklanamayan birtakım şeylerin Allah tarafından yapıldığını kabul etmekle içi rahatlıyordu.

...

İstediği kadar hekim olsun, ölümle anlaşsın, ebedî olmak ancak Allah'a mahsustur.

...

Sevgilisinden yüz bulamayan bir kalp, artık kabak tadı veren bu dram, sahte bir ihtiyaca dayanır; çünkü mahlûk bize yüz çevirirse, Hâlık sevilebilir, onun bize vereceği başka nimetleri vardır.

...

Masumun intikamını Allah alır.

...

Hareketlerimizin sebebi de gayesi de yalnız Allah'ın rızası olmalıdır.

...

Onu ölüme doğru götüren her adım Allah'a yaklaştırdı. Ebedîyetin aydınlığı ona her çeşit zorluğu gittikçe daha iyi açıklıyordu.

...

Allah'ın bizi ne gibi sıkıntılarla sınayacağını kim bilebilir.

...

Gizlice iyilik yapanlar belki de sadece Yaratıcı'ya inananlardır.

...

Yeryüzüne bakacak yerde gözlerini gökyüzüne doğru kaldır. Zayıfların tesellisi oradan gelir, fakirlerin serveti, zenginlerin korkusu oradadır...

...

"Ey ulu Rabbim!" diye bağırdı. "Vaktiyle ben de, benim şimdiki durumuma düşmüş insanlar hakkında herhalde böyle düşünmüşümdür."

...

İlâhî iradeye boyun eğmek konusunda beslediğiniz duyguları ben çoktan biliyorum, ama şimdi bu duyguları yerine getirmek gerekiyor.

ruh da beden gibi, yaşamak için
soluk almak zorundadır...

...

Şeytanın işlediği günahı; gurura kapılma günahını işlediğini unutuyorsun. Allah'ın işine karışıyorsun.

...

Yükseğe başvuralım. İnsan gökte bir şeye ulaşmayı istiyorsa, bu Allah olmalı!

...

Hâkimlerin mahkûm ettiği günahkârı, cennet meleklerinin çoğuna affettiren, güzel iç pişmanlıklarını duydu.

...

Günah işlemedikleri halde işlediklerini sandıkları bir günahtan pişmanlık duyuyorlar.

...

Siz dürüst bir insan olduğunuz için hayatta başarılı olursunuz. Çünkü Allah âdildir.

...

Yeter ki inanç ve tövbenizde samimi olun; art niyetleriniz bulunmasın. Her şey telâfi edilebilir.

...

Suçlarımızı gören Rab, pişmanlığımızı da görür.

...

Bu zavallıları hidayete erdireceğim, göreceksiniz... Bir ruhları olduğunu, kendilerini ebedî bir hayatın beklediğini, bu dünyada her şeyi kaybetseler de cennete gidebileceklerini, samimi ve halis bir pişmanlık sayesinde günahlarının affedileceğini öğrenecekler.

...

Allah bahtsızları korur.

...

İspanyol da, Napolyon ve daha birçok büyük siyaset adamı gibi kadere inanıyordu. Aşağı yukarı bütün aksiyon adamları kadere ve Yaratıcı'nın varlığına.

...

Ruhun o görkemli çiçekleri nerelerde açılıyor acaba?

...

Zayıf ve çökmüş görünüyordu. Ama içinde müthiş bir yaşama gücü vardı.

...

Gerçekleri kafasının içine kazıyabildiği için mutluluğun kaynaklarını ruhunda taşıyan, bundan yeryüzünün kirlerinden arınmış binlerce yüce zevk çıkaran bir kimsenin hayatı ne güzeldir!

...

Allah, sadık kullarını yalnız bırakmaz.

...

İnsanların karşısında olmadığımız zamanlarda Rabbin katındayız; başkalarının saygısından çok kendi kendimizi saymamıza ihtiyacımız vardır.

...

Yüce bir yaşam geçirmek isteyen için sadece Allah vardır.

birbirinizi sevin...

...

Göksel güçlerle yersel çıkarlar arasında sürekli bir çekişme vardır.

...

Dinsizlikle Hıristiyanlıktan herhangi birini seçemediğinden kiliseye giderdi; ama kutsal ekmeği yemez, papazların gittikçe artan isteklerinden kaçınmak için de onlardan şikâyete başlardı.

...

Dinin seslenişine kulak tıkıyorsunuz, tıpkı bu inançsız yüzyılın çocukları gibi! Dünya zevkleri acıdan başka şey doğurmaz.

...

Bu türlü buhranlarda din, tabiat karşısında çoğu zaman kuvvetsizdir, en dindar bir şekilde terbiye edilmiş kızların bile akılları başlarından gider!

...

Acaba bu yaşamın bir ilerisi var mı? Bütün on sekizinci yüzyıl bu kaygı içindeydi.

...

Bir Yaratıcı var, evet bir Yaratıcı var ve daha iyi bir âlem de yaratmıştır, aksi takdirde dünya denen şeyin hiçbir hikmeti kalmaz.

...

İnsanda cennete tırmanmak kuvveti olsun, sonra da bu kuvveti ekmek, su, paçavra, bir tavan arası temin etmek için kullansın! Ah, şekerim, bu bir kurban hali! Kupkuru kaldım.

...

İnsan, her yerde sonsuzluğun şiirini, sessizliğin ulu ürküntüsünü aramış, her yerde Rabbinin en yakınına sokulmaya bakmıştır. Onu doruklarda, uçurumların dibinde, yarların uçlarında aramış ve aradığı her yerde bulmuştur.

...

Bu gülümseyiş dinin özeti olan şu kuralı belirtir gibiydi: Birbirinizi sevin.

...

Bilmiyorsun kardeşim, ne büyük mutluluktur göklerde sevmek, artık dinin tertemiz kılıp en yükseğe ulaştırdığı duyguları kendi kendine açıkça söyleyebilmek, bundan sonra bizim ancak ruha bakmamıza izin verildiğini bilmek!

...

Hasislikle hayırseverlik aynı neticeleri doğurur; hasisin yeryüzünde biriktirdiği serveti, hayırsever gökyüzünde biriktirmez mi?

boşluğu derinlik sandı...

...

İyiliği sırf iyilik olsun diye yapmalısınız.

...

İsteyin! Adamları büyük yapan sır bu tek kelimededir.

...

Erdemliydi çünkü sınanmamıştı.

...

Kariyer dilenmek, insana ne kadar küçültücü bir şeyse, verilen bir mevkii alamayacak kadar uzakta durmak da o kadar gülünçtür.

...

Her şeyi hoş görüyor, kimseye ne suç buluyor, ne de onu müdafaa ediyordu; ona göre herkes haklı idi. Bu yüzden artık bir insan değil, bir mide sayılıyordu.

...

Kanunun yasak etmediği yahut erişemediği her şey ona mubahtı.

...

İkisi de birbirinin kanaatine düşman, karakterine hayrandı.

...

Tamamıyla karılarının boyunduruğu altında bulunan kocaların çoğu gibi, reis de bazı ufak şeylerde hürmüş gibi görünür, karısı da buna ses çıkarmazdı.

...

Herhangi yüksek bir düşünceye sahip olamayacak kadar, ana babası tarafından sürekli şımartılmış, çevresi tarafından da pohpohlanmıştı.

...

Yüce ruhlu kişiler hiçbir zaman dalkavukluk etmezler!

...

Dalkavukluk, kendi çıkarını kollama dürtüsünden kaynaklanır.

...

Sürekli olarak kendi çıkarlarını düşünen insanlarla birlikte olmaktan, o da, bencil ve güvenilmez bir kişi hâline gelmişti. Yüreği soğumuş, duyarsız ve kayıtsız biri olmuştu.

...

Kusurları bile ün kazanmasına yardım etti.

...

Oldukları gibi görünen o güzel insanlardan biriydi.

...

Elbiseleriyle âdetleri, zekâsıyla kalbi, sözleri ile düşünceleri, kısacası her şeyi birbirine uygundu.

...

Düşünen bütün insanlar gibi karşısındakini konuşturarak inceledi.

...

Halktan yetişmiş bir adam olduğu için belki daha merhametlidir.

...

Toplumda yaşayan her insanın mutlaka bazı kusurları vardır. İnsanlar mükemmel olmaktan çok uzaktırlar.

...

Kendi hatalarından dolayı başkalarını sorumlu tutmayı severdi.

...

Fikirlerini hiçbir zaman değiştirmemekle övünen, aldatılmayacağına inanan adam, bir aptaldır. Prensipler yoktur, sadece hâl ve şartlar vardır.

...

Mezar gibi dilsiz ol!

...

Büyük kabiliyetlerim var, umursamadan, aptalın biriymişim gibi bedavaya satıyorum onları.

...

İnsanlar da serçeler gibi ufacık şeylerden korkar, ufacık şeylerden güven duyarlar.

...

İyi işlerimizin neler olduğunu bilmeye yalnızca Allah'ın hakkı var.

ruhu eldivenli!

...

Duygularına esir olan bütün insanlar gibi iş işten geçtikten sonra aklı başına gelmişti onun da.

...

İhtiras, elektrik kuvvetinin çeşitli türleri gibi, bir noktada yoğunlaşmış ve hesaba sığmaz bir hayvanî güç hâline gelmiş iradedir. İnsan, ihtirasın tesiriyle gerek saldırmak için, gerekse direnmek için olsun, bütün gücünü herhangi bir organda toplayabilir.

...

İki yılan, aynı yumurtadan çıktıkları için birbirlerini anlarlar.

...

Siz yaradılışınız bakımından ya çok yükseklere çıkmağa ya da çok aşağılara yuvarlanmağa aday bir insansınız.

...

Eğer bir şeyler olmağa lâyıksam, Allah'ın buyurduğu şey olmağa çalışacağım.

...

Doğruluk, onur, dürüstlük ve nezaket, hayatta başarıya ulaşmanız için en güvenilir araçlardır.

...

İnce tavırlar, güzel davranışlar yürekten gelir. Bu yüzden, aldıkları eğitime rağmen bazı soylu kişilerin davranışları kötüdür.

...

Kendinize fazla güvenmeyin, basit olmaktan kaçının, gayretkeşlik göstermeyin. Bunlar hayat denizinde insanın her an çarpabileceği üç kaya gibidir. Kendinize gösterdiğiniz fazla güven, başkalarının size besleyecekleri saygı duygusunu örseler, bayağı tavırlarınız çevrenizde küçümsenmenizle sonuçlanır, başkaları için göstereceğiniz aşırı ve gereksiz çabalar da insanlar tarafından sömürülmenize, kullanılmanıza yol açar.

...

İnsanlara karşı tavrınız şöyle olsun: Ne çok sıcak, ne çok soğuk. İnsanın kendini güçlüklere düşürmeden durabildiği ortalama çizgiyi izleyin.

...

Değmeyen kişiler için kendinizi boş yere harcamayın. Her zaman asil davranın. Üstünüze oturan bir imaj çizin. Çünkü bir rakam ne kadar büyük olursa olsun, ister altın kalemle, ister kurşun kalemle yazılsın, eninde sonunda yine sadece bir rakamdır.

...

Allah, yaptıkları işten pişman olanları affeder.

...

Gayretkeşlik, insana aldatılma zeminleri hazırlar, hayal kırıklıklarıyla sonuçlanır. Siz böyle herkes için oraya buraya koştuğunuz halde, başkalarının aynı şeyi sizin için yapmadıklarına tanık olursunuz.

...

En önemli görgü kurallarından biri de, insanın kendi kendisi hakkında konuşmamayı öğrenmesidir.

...

Düşman kazanmaktan korkmayın ama gülünç olmamaya çalışın. Her yerde ve her zaman, sabır göstererek kendinizi saydırabilirsiniz.

...

Her zaman sorunların özüne doğru yürüyün. Ve tüm gücünüzü tek bir noktaya toplayın.

...

Hep insanlardan şikâyet edip, dünyada hep kötülerle karşılaştıklarını söyleyenlere benzemeyin.Bu tip insanların zekâsı hep ışığın parladığı noktalarda gezinir, hiçbir şeyin derinliğine inmez. Kulağı yoran sinekler gibi, ruhu yorarlar.

...

İnsanlar birçok nedenlerle iyidirler. İyilik kiminde bir alışkanlığa dönüşmüştür, kimi de doğasının gevşekliği dolayısıyla iyidir.

herkes menfaatinin
tehlikeye düştüğünü
bilecek kadar zekidir...

...

Bir yiyecek deposunun yanı başında açlıktan ölebilir; onun inançlarından gelen bir şey bu.

...

Bir şeyi yapmak isteğiyle o işin yapılması arasına insan daima engeller icat edip koyabilir.

...

Büyüklük taslamağa lüzum duymayacak kadar büyük olmasını bilirdi.

...

Duyarlılık, doğruluk ve şiir iş hayatında onun gözünde uğursuz şeylerdi.

...

Birçok insanlara rastlarız ki, bunların derin hiçliği, kendini tanıyanların çoğu için bir bilmece hâlindedir. Kendilerinden gerçekten üstün kimseleri parmaklarında oynatırlar, birer kukla hâline sokarlar ve kendi düzeylerine dek indirdikleri için küçük sanırlar onları.

...

Ciddi, sorguya çeken ve az konuşan bir insan tavrı takındı; herkes de derin bir adam sandı onu.

...

Az çok kabiliyetli her insan gibi o da anlatılamaz bir tembellikten bir türlü kurtulamazdı.

...

Ya kızınca çalışırdı ya da zorda kalınca.

...

Hapishanemi seviyordum, çünkü oraya isteyerek kapanmıştım.

...

Adam değil bu, bir isim, halkın çok iyi tanıdığı bir etiket.

...

İnsan, zayıf olduğunu kendine açıkça söyledi mi güçlü demektir.

...

İmzam üç bin frank ediyordu, ama ben etmiyordum!

...

Kendisi zengindi, kafaca üstündü; onun için herkes ona gıpta ediyor, bu yüzden de onu kimse sevmiyordu.

...

Duygular, seller gibi akar ve bundan, tarifsiz hüzünler doğar.

...

İnsanların kafalarında da yollarda olduğu gibi tekerlek izleri mi var acaba?

...

İlk anda saygı uyandırıyor; insan onu bir dev sanır ama aslında bir cücedir.

...

Bu mertebeye yükselişinin nedeni vadide saldığı dehşetti. Bu dehşet bir şeyler yapmış olmasından değil, yapması beklenen şeylerden geliyordu.

dünya bir bataklıktır,
yükseklerde kalmaya
çalışalım...

...

İnsanlar suçlu bulduklarını ne yapar eder, mahkûm ederler.

...

Gelin de mesleğini seven bir adam bulun. Zamanla, meslek de evlilik gibi bir hâl alır; insan yalnız sıkıcı taraflarını hissetmeye başlar.

...

Kendi kalbinin acılarını dökecek bir kalp bulunca, hayat onun için tahammül edilir bir hâl aldı.

...

Büyük adamların hepsi çocukluk devrelerinde bahtı kara olurlar.

...

Bütün insan gücü, sabır ve zamanın bileşimiyle ortaya çıkar. En başarılı insanlar isimlerini "bekle ve gör" ilkesine göre ayarlayanlardır.

...

Bir insan kararını vermeden önce ne yaptığını bilmelidir. Yapabileceğinizden fazlasını yapamazsınız.

...

Yaşamın yalnızca güllerini tanıdım, bu kadar iyi bir talih devam edemezdi zaten.

...

Birlik olmazsa kudret olmaz...

...

İşte yaşam! Pastanı hem yiyip hem saklayamazsın.

...

Az sonra, ağlamak için gözlerimizden başka bir şeyimiz kalmayacak.

dünya alçaktır...

...

Bu dünya kitabını iyi okumuş olduğum halde meçhulüm kalmış bazı yapraklar vardır.

...

Hayatı, kendisi farkında olmadan, her şeyi hakir gören bir feylesofun hayatı gibiydi, çünkü en basit şekle inmişti.

...

Biz, her saati birbirinin tıpkısı bir görev, bir dua, bir iş getiren o tekdüze hayatı, insana çevresindeki eşyanın olması ile olmamasını bir tutturan o tüyler ürpertici hayatı, kendimiz için her anında başka bir tat bulunan bir hayat hâline getirmiştik.

...

Gösterişsiz bir hayat sürmenin birçok üstün yanları vardır. Bir kere bu hayata alışıldı mı, sahne önünde yaşamaya katlanamazsınız. Pastel renkler görmeye alışmış gözler, parlak gün ışığı karşısında nasıl rahatsız olursa, zıtlıklara gelemeyen ruhlar da vardır.

...

Çalışmaktan yorulmuş değilim, amma yaşamaktan bıktım, usandım.

...

Hayatın gidişi durdurulabilir mi ki? İnsan ölümü durdurabilmiş midir ki?

...

Hayatımı bir çırpıda vermeye hazırımdır; ama parça parça ayaklar altına atamam.

...

Ah! Niye çıktım benim o namuslu tavan arası odamdan! Hayatın iç yüzü ne de pismiş.

...

İşte ben böyle yaşadım! Hayatın gidişine ya erken katılıyordum ya da geç.

...

İnanın bana! Bütün bir hayat aşkla geçemez. Bütün çiçekler solar.

her şeyi satın alabilirim,
ama gençlik geri gelmez ki!

...

Garip şey! Ölüm, fikrimizi sormadan bizi teslim alıyor. Gençler çoğunlukla ihtiyarlardan evvel ölüyorlar.

...

Öylesine ateşliydi ki inancı, dindarlığı haz veriyordu ruha. Dua etmekten hoşlanıyordu. Gönlünü çabasız ve kuşkusuz dinin ışıklarına açmış, yöneticisi olan rahipte hayranlık uyandırmıştı. Ama ruhunun karşısına vücudu çıkıyordu her dakika...

...

Beden yönünden çocuk kalmama karşın düşünce bakımından ihtiyarlamıştım.

...

Gençler karşılıksız bağlanırlar.

...

İnsan yaşlandıkça, gençliğinde bastırdığı bütün kusurlar açığa çıkıyor.

...

Gelecek dediğiniz de nedir ki? Daha ortada bulunmayan bir şeyi niye düşünecekmişim? Ben ne arkama bakarım ne de önüme. Bugünkü günle uğraşıyorum ben, yetmez mi bu?

paris hayatı,
sürekli bir hesaplaşmadır.

...

Paris ardı arkası kesilmeyen bir fırtına idi. Erkeklerle kadınlar orada çılgınca bir vals temposu ile dönüp duruyorlardı. Herkes dışa bakıyordu, içe değil.

...

Sosyetede kimse başkasının uğradığı felakete aldırış etmez, acısına kederlenmez, her şey lâftan ibarettir.

...

Halkta sabit içgüdüler vardır. Bunlar arasında, budalalık edip hurafelere inanma dediğimiz his, halkın kanında olduğu kadar üstün insanların ruhunda da bulunur.

...

Paris'te bir adamı, "Çok iyi huyludur!" deyip silme âdeti vardır. Böylece "Zavallıda hiçbir zekâ kıvılcımı yok. Bir gergedan kadar kalın kafalı." demek isterler.

...

İşi kendini fazla geliştirmesine izin vermedi ve o da, Paris sosyetesinin yaptığı gibi, Moliére'i, Voltaire'i, Rousseau'yu beğenmekle kültürlü olduğunu sandı.

...

"Şu halde Paris'iniz bir bataklık!"

"Hem de acayip bir bataklık! Burada araba içinde çamura batanlar namuslu, yaya olarak çamura batanlar namussuz diye nitelendirilir."

...

...

Paris şehrinin özelliklerinden biri, hiç kimsenin dikkatini çekmeden bir insanın doğabildiği, yaşayabildiği ve ölebildiği bir yer olmasıdır.

...

Paris'te "başarmak" her şeydir.

...

Hayatın en büyük olayları, Paris gazetelerinin küçük haberler sütununda, gerçeğe az veya çok uyan birkaç satırla anlatılır.

...

Bu ülke eşitlik ülkesi olmasına rağmen, Paris'te her yerde ve her şeyde sınıf farkından doğan bir adaletsizlik göze çarpar.

şu ingilizler var ya sanki
dünya babalarının malıymış
gibi küstah oluyorlar...

...

Olayın anlık görünümüne kapılıp öfkelenmek ya da keyiflenmek, hemen alevlenmek, uzaktan harikulade görünen bir şeye vurulmak vardır Fransız karakterinde.

...

Ruslar o kadar taklitçidirler ki medeniyetin bütün hastalıklarını onlarda bulmak mümkündür.

...

İngiliz gelenekleri üzerine hiç düşündünüz mü? İngilizler, çok maddeci insanlardır. Dine, ruha ilişkin birtakım tezleri vardır ama bunlarda köklü bir öz yoktur.

...

Bir İngiliz kadınının iğneli sözleri kadar insanı kötü eden başka bir şey yoktur. İngiliz kadını bu şakaya ciddiyeti, cafcaflı inanışı yerleştirir. Fransız şakası ise âdeta bir danteldir, manevî bir süsleme sanatıdır, Fransız kadınının giysilerindeki incelikleri taşır. İngiliz şakası ise, bir asit gibi, üstüne düştüğü varlıkları aşındırır, onları temiz kılsa da, öldürür. Zeki bir İngiliz kadınının dili, kaplanın dili gibidir. O oynamak isterken eti de kemiğiyle birlikte götürür.

mühlet, adliyenin elinde
bir silâhtır...

...

Yaşamda eşitlik istenir, oysa eşitlik yasadadır.

...

Özel teşebbüsün görüşü yasama meclisininkinden her zaman beş yıl ileridedir.

...

Savcılık makamı ve mahkemeler suçları önleyemezler. Onlar, işlenmiş suçlarla uğraşmak için kurulmuşlardır.

...

Halk, kanunları uygulanışlarına göre değerlendirir.

...

Ceza yasalarını mutsuzluk nedir hiç bilmeyen kimseler çıkarırmış...

...

Cana kıyanları şiddetle cezalandıranlar tanrıtanımaz veya filozof ülkelerdir. Hakları da var. Onlar yalnız maddeye, yalnız yaşadıkları âna inanırlar.

...

Mahkûm, hâkimin de en az kendisi kadar acı çektiğini nerden bilsin.

...

Cinnet ile cinayet kardeştir. Mahpusları avluda seyretmekle, tımarhanenin delilerini bahçede seyretmek arasında fark yoktur.

...

Yasa dışı yollar, yasal yolla çalışmaktan daha fazla marifet ve daha derin bir bilgi istiyordu.

...

Dolandırıcıların, yankesicilerin, hırsızların, katillerin dilidir argo. Edebiyatçılar, son zamanlarda bu dili öyle ustaca kullandılar ki, bu garip lügatin nice sözleri, genç kadınların pembe dudaklarında dolaştı, yaldızlı tavanların altında çınladı, hükümdarları eğlendirdi.

...

Hırsız, ayrıntılı kitaplar yazıp mülkiyet kavramını eleştirmek yerine onu tamamen yok etmeyi tercih eder... Çağdaş devrimciler ağır, hazmedilmez, sisli kuramlar döktürüp, insancıl romanlar karalarken, hırsız tatbik eder.

...

Hükümetin verdiği maaş rahibi de, hâkimi de memur derecesine düşürüyor.

...

Kazanılacak rütbeler ikbal hırsını arttırıyor, ikbal hırsı iktidardakilere hoş görünmeyi gerektiriyor. Öte yandan, modern eşitlik, hâkimle muhakeme edilecek kimseyi bir tutuyor. Her sahada ilerledik diyoruz, oysa her cemiyet nizamının dayandığı iki sütun, yani din ile adalet, eski saygınlıklarını yitirdiler.

...

Benim sayemde kanun daima sizin yanınızda olacak, insanlar önünde her şeyi rahatlıkla elde edeceksiniz, ama vicdan rahatlığı, ona karışmam, o sizin bileceğiniz iş.

...

Bütün hataların, hatta belki cinayetlerin temelinde yanlış bir yargılama ya da aşırı bir bencillik yatar.

...

Gerçeğe âşık olan hâkimler, kıskanç kadınlara benzerler... Hâkim bir suçluyu nasıl sorguya çekerse bir kadın da sevdiği erkeği öyle sorgular. Böyle durumlarda gizli olayı, saklanan hıyanete, inkâr edilen suçu meydana çıkarmak için; bir pırıltı, bir kelime, sesteki bir titreyiş, bir duraksama yeterlidir.

...

Çalışabilecek yaşta olduğu halde, düşündüğü tek şey cezasız suç işlemek.

...

Birçok fırsatlarda durmadan gözünden kaçan binlerce ince noktayı kavramak için adliye adamlarında kadın inceliği bulunması lâzım.

ah şu toplum!

...

İyi yapılanmış toplumlar, düzenlerini ilâhî düzenden örnek alarak kurmuşlardır. Zaten insan fikir bulmaz, şekil icat edemez, her tarafını saran sonsuz münasebetleri taklit eder.

...

Görevi boyunca, değersiz birtakım fikirler, beylik sözler, yavaş söylendiği zaman basit insanlar üzerinde belagât gibi tesir eden tekerlemelerle dolu cümlelerden oluşan bir anlatım biçimini benimsedi. Böylece ölünceye kadar çalışmağa mahkûm, dar görüşlü, halk tabakasının hoşuna gitti.

...

Protesto ediyorum! Eğer babalar ayaklar altında çiğnetilirse vatan mahvolacaktır. Bu açıktır. Cemiyet babalıkla ayakta durur. Eğer çocuklar babalarını sevmezlerse, her şey yıkılıp gider.

...

Üst tabakalardaki kişilerin yaptığı ahlâksızlık, alt tabakaların basit ve âdeta bireysel olan ahlaksızlığından bin kat daha iğrenç.

...

İnsana yakışan dostluğa boyun eğmektir. Toplumun tezgâhından şu veya bu ihtiyacı karşılamak için çıkarılan zorbaca yasalara değil.

...

Bugün, bütün dünyada toplumun önem verdiği tek değer, tek teminat para!

...

Baskıyla yönetilen ülkelerin güvenlik güçleri gibi davran. Ne yapar onlar? Hükümdara karşı uydurma suikastlar hazırlar, sonra onları ortaya çıkarmış olmakla övünürler. Vazgeçilmez birer insan olurlar böylece.

...

Adaletin de doktorluk gibi kurbanları oluyor: Birincisinde toplum için ölünüyor, ikincisinde ilim için...

...

Toplumların kurallarını yüce güçler mi, yoksa insanlar mı belirliyor, bilmiyorum. Tek bildiğim toplum denen şeyin var olduğudur. Toplumun içine girip yaşamaya başladığınızda, onun kurallarını da kabul ediyorsunuz demektir.

...

Yasaların hepsi kitaplarda yazılı değildir, törelerden doğan yasalar da vardır. Hayatınızın tümüne egemen olan bu yasaların ne bir öğretmeni, ne bir kitabı, ne de bir okulu vardır.

...

Kahveler halkın parlamentolarıdır...

yasa toplumun sözü,
töreler de onun
eylemleridir...

...

Sizin insanları alıp sattığınız pazarda güzellik, iyi huylar değer sayılmaz, bu bencillik yuvasını toplum diye adlandırıyorsunuz sonra.

...

Kadınlar gibi halk da kendisini yönetenleri güçlü görmekten hoşlanır; başlarındakilere saygıları olmayınca, sevgileri de kalmaz, zorlamayana boyun eğmezler.

...

Her şey doğru, her şey yalan! Toplum bize kuştüyü yastıklar verdiyse, bellidir ki, bu rahatlığa karşılık olarak damla hastalığını da vermiştir; tıpkı adaleti yumuşatmak için yargılama usullerini, kaşmir şallarının peşine de nezleyi koyduğu gibi.

...

Ah! Azizim, yoksulluğa pek kolaylıkla kabahat buluruz biz. Bütün toplumsal dertlerin ilaçları arasında en etkilisi olan yoksulluğun yaptıklarını hoş görelim. Yoksulluğun hüküm sürdüğü yerde ne utanma kalır, ne suç, ne namus, ne de ruh.

...

Devir değişti. Silâhlar da öyle. Eskiden tımar sahibi demir halkalardan yapılmış gömleğini giyip zırhını da kuşandı mı, bir de mızrak kullanmasını, sancağını göstermesini biliyorsa, tamamdı. Şimdi zekâ göstermesi gerek. Eskiden yalnız koca bir yürek isterdi, günümüzde ise koca bir kafa.

...

Yalnızca zorunluluklara göre hareket etmek, Yaratıcı'nın varlığına inanmayan bir toplumun tutumu değil midir?

insanlar hor görülür
ama paralar
hor görülmez...

...

Bilgisiz ve yeteneksiz olmakla beraber, her çeşit konuda hiçbir şey söylemeden saatlerce konuşabilen insanlardandı.

...

Para kimseyi tanımaz, çünkü ne kalbi vardır ne de kulakları.

...

Ticarette her şeyi göze almak lâzımdır! İflası düşünmeyen tüccar, hiç yenilmeyeceğini sanan generale benzer; ancak yarım yamalak bir tüccar olur.

...

İnsan, ruhunda açılan yaradan da ölür.

...

Ben asaletle, günahsız çalışmak istiyorum; gündüz ve gece çalışmak ve servetimi ancak alın terime borçlu bulunmak istiyorum. Bu servetlerin en yavaş kazanılanı olacaktır, zor olmasına karşılık başımı her akşam bin bir kirli düşünceye bulaşmamış olarak rahatça yastığıma koymuş olacağım.

...

Para, ancak duygu ortadan kalktığı zaman önemli bir madde halini alır.

...

Parayla satın alınamayacak neler var, hiç düşündünüz mü?

...

İnsanların ortak hazinesine yeni ve büyük değerler katılmıyor. Birinin zenginleşmesi, bir başkasının fakirleşmesi anlamına geliyor.

...

Herkesi zenginleştirmek imkânsızdır.

...

Borçluydum! Borçlu olmak, birinin esiri olmak demektir.

...

Yüce ruhlu bir adam için borç demek cehennem demektir, icra memurlarıyla, simsarlarla dolu bir cehennem.

...

Ödenmemiş bir borç alçalmadır, dolandırıcılığın başlangıcıdır, daha da kötüsü, bir yalandır!

...

Cimrilik, kalbi günden güne sıkan ve nihayet mantığı boğan kaygan bir kenet oldu.

eğer köylüler okuma yazma
bilselerdi hâlimiz nice olurdu?

...

Yaşamak için, gerçekten mutlu yaşamak için bir dönüm toprak yeterdi bana!

...

Beden çalışmaktan ezilince, özellikle cahil kimselerde, düşüncenin arıtıcı etkisi azalır.

...

Biz köylüler ömrümüzü alın teri dökerek tüketiyoruz...

...

Ordunun yararı nedir? Ordu askerler aracılığıyla üst rütbeli subayları yaşatmaya yarar. Tıpkı köylülerin burjuvaları yaşatması gibi...

...

Sizin varlıklı doğmuş olmanız da bizim yoksul doğmamız da doğaldır. Kitle hep aynı kalacaktır. Hiçbir zaman değişmez. Bizim aramızdan yükselenlerin sayısı sizin aranızdan tepetaklak olanların sayısından daha azdır.

...

İhtiyatlı davranmak için, hiçbir zaman tehdit etmemek, yapılacak şeyi söylemeden yapmak, düşmanın geri çekilmesini kolaylaştırmak ve kendinden küçüğünün onurunu kırmaktan bir cinayetten kaçınır gibi çekinmek gerekir.

...

"Yasal olarak" sözü sağlam bir zarftır. İçine birçok servet alabilir.

...

Kendilerini olduğu gibi göstermeyen birçok insan, zavallılığını kibirle gizlerler, siz de onlara kibirli davranırsanız, iğne batırılmış balon gibi söndüklerini görürsünüz.

...

Halk, birçok akıllı insan, özellikle de kadınlar, geleceğin perdesini kaldırmak gibi esrarlı bir kudret gösterenlere ilgi gösteriyorlar. Onlardan ümit, cesaret, kuvvet gibi yalnız dinin verebileceği şeyleri satın almaya gidiyorlar.

...

Yeryüzü hayatında olduğu gibi, insan hayatında da her şey kadere bağlıdır. En ufak olaylar, en önemsizleri bile, başka olayların sonucudur. O halde, büyük şeylerin, büyük niyetlerin, büyük düşüncelerin, en ufak olaylarda tabî olarak birer aksi olur.

...

Basit insanlarda manevî güçlerin bir nokta üzerine toplanması hâli, bu insanlar sosyete insanları gibi aklî melekelerini günlük hayatta yıpratmadıkları için, sabit fikir adı verilen o korkunç silâh kafalarında yer aldığı zaman, çok kuvvetli olarak kendini gösterir.

her kılıç,
kendi kınını bulur...

...

Hanımefendi, burada iyilik yapmanın güçlüğü sizi, iyilik yapmayı denemekten nasıl vazgeçirebilir?

...

Sığ ruhları isyan ettiren haksızlık, yüksek ruhları kendine getirir ve onlara bir çeşit alçakgönüllülük verir.

...

Bütün bilimlerin anahtarı soru işaretidir. Büyük keşiflerin çoğunu "nasıl" sorusuna borçluyuzdur, hayatta akıllılık da her konuda "niçin" diye sormaya dayanır belki. Yalnız, bu sözde bilgelik bizim hülyalarımızı da yok ediverir.

...

Ismarlama iltifatlarda daima bir kabalık vardır.

...

Sefih insan, bugün kendisini beğenen aptalın biridir ama yarın, bugünün cesaretinden ürken büyük bir korkaktır.

...

İstemek harekete geçmek demektir.

...

Dürüstlük, yoksul insanların hazinesidir.

...

Kömürcü kendi evinde belediye başkanıdır.

...

Çizmelerin onları giyen adamdan daha değerli olmasına şaka diyorsun demek?

...

Hepimiz ölülerle beslenerek yaşamıyor muyuz? Miraslar kimlerden kalıyor?

...

Eğer beni daha iyi tanısaydınız, alaycılıktan nefret ettiğimi bilirdiniz. Alaycılık, yüreği katılaştırır, bütün duyguları öldürür.

...

Hemen her zaman insanın korktuğu başına gelir.

...

Yaşamın buhranlı anlarında çok sevindiğimiz ya da üzüldüğümüz zamanlarda, çevremizdekileri daha keskinleşmiş duyumlarla algılarız ve bunlar deneyimimizin bir bölümü olarak sonradan da oldukları gibi, silinmeden kalırlar.

...

Gözyaşları da gülüşler kadar bulaşıcı olabilir.

...

Sessizliğe gömüldük, sözcükleri harcamıyoruz.

...

Bu kadar yürekli olmaya ancak masumluk cesaret eder. Akıl da, erdem de bilgi kazandıktan sonra eylemlerini dikkatle ölçerler.

...

Akıllıların da, bazı hayvanlar gibi, kendi iklimlerinden uzakta üretkenliklerini yitirdikleri bir gerçektir.

...

Söyleyene bakma, söyletene bak!

...

Bırak başkaları şan ve şeref arkasından koşsunlar. "Ateşle oynayan elini yakar." sözü çok doğru bir sözdür. Bugün de siyaset insanı yakıyor.

...

Namus paradan üstündür.

...

Olaylar hiçbir zaman kesin değildirler, sonuçları tamamen şahıslara bağlıdır...

...

Bir dost kızdığı zaman bile insaflı olur.

...

Senin de hayatını yoluna koyup yükselmeye hakkın var; yalnız işin içinde amalar, çünküler, eğerler vardır.

...

Bırakın da birini kazanırsam, ötekini de elde edeceğimi umayım.

...

Kendi aramızda konuştuklarımızı hiçbir zaman şurada burada söylememelisin.

...

İnsanın başına gelen bir felaket hiçbir zaman boşa gitmez.

...

Büyük adam olmak için, hiçbir şey olmamakla işe başlamak lâzım.

...

Bu pazardan sonra da elbette bir pazartesi olacak.

...

İnsanın başı bir şemsiyenin altında oldu mu, yağmur yağdığı zaman hiç ıslanmayacağını sanır.

beni dinlediniz
ama sözlerimi duymadınız...

...

Hepimiz akıllı usluyuz ama hiç birimiz, sonumuzun ne olacağını bilemeyiz.

...

Hayalin verdiği güven duygusu, birçoklarınca metanet olarak adlandırılır. Ama ümit cesaretin yarısıdır belki de. Nitekim din ümidi bir erdem sayar.

...

Gazetecilerin çoğu öküz gibiydiler, kuvvetleri hakkında bir fikirleri yoktu.

...

Namuslu insanlar tok sözlü olurlar; iyilik etmek hususunda ölçüleri yoktur.

...

Suçlu ile suça şahit olan arasındaki savaş ancak iki taraftan birinin ölümüyle biter.

...

Sizler bir yüzün düzgünce bir resmini yapıp her şeyi de anatomi kurallarına göre yerli yerine koydunuz mu, her şey tamam sanıyorsunuz! O çizgileri, paletinizde ten renginde boyuyor, üzerinde gölgelendirme yapmayı da unutmuyorsunuz. Masa üzerine çıkmış çıplak bir kadını model yapıp ara sıra da ona bir baktınız mı ressam olduk sanıyorsunuz. Vay efendim vay! Büyük şair olmak için grameri iyice bilmek, dil yanlışlarına düşmemek yetmez ki!

...

İnsan iyilik yapıp bir yana koymalı; er geç karşılığını görür.

...

İşe dört elle sarılabilmek için, insanın, sınırı aşmamak şartıyla, biraz istirahata ihtiyacı vardır.

...

Kendini pislikten kurtaran adam takdir edilir.

...

İnsan için geçmiş şaşılacak ölçüde geleceğe benzer.

...

Toprağa dökülen tohumlar içinde en çabuk filizleneni özverili insanların döktükleri kandır.

...

Tüm yaşamı boyunca böylesine etkileyici bir sahne ile karşılaşmamıştı. Geleceği, bir tohum gibi bu dakikalarda saklı değil miydi?

...

İnsan gerçeğin varlığını hissederek beyninde evrenin gizini taşırsa, ne yaptıklarını bilmeden birbirine saldıran insan sürülerinin peşinde sürüklenerek yaşayabilir mi?

...

Yaşadığın sürece sen de her büyük insan gibi mutsuz olacaksın.

...

Elimizde bulunan hazineler yalnızca sabır ve çalışmadır.

...

Söyleyecekleri şeylerin hiçbir değeri olmadığı için hiçbir şeylerini gizlemeyen boş kafalı adamların mantığınca, işlerinden bahsetmeyen kimselerin işleri kötü gitmektedir.

...

Delikanlılar, çalışmaya vaat edilmiş on geceden yedisini uykuya verirler, gece uykusunu feda etmek için yirmi yaşını geçmiş olmak gerekmektedir.

...

İnsan, yaşının felâketlerine tahammül etmeyi bilmelidir.

...

Bir talebenin cebine para girdiği anda, eskisinden iyi yürür, emin ve dik bakışlıdır, çevik hareketleri vardır.

...

Fikirler, insan ağzından beyinde oluşan çalkantılar nispetiyle çıkarlar ve türlü türlü mizaçlara çarparlar. Kimi kalpler bu fikirlerin tesiriyle parçalanıp dağılırken, kimilerinde bu, çelikten bir duvara çarpıp yere düşen mermi taneleri gibi neredeyse tesirsiz olur.

...

Erdem ikilem kabul etmez, o ya vardır ya da yoktur.

altından zincirler,
en ağır olan zincirlerdir...

...

Gazetecilik mesleğindekiler, hor gördüklerine yaranmak, can düşmanına gülümsemek, alçaklıklara göz yummak zorunda bırakırlar insanı.

...

İhtilalin polise ihtiyacı yoktu; "vatanseverlik" adı altında birer ajan kesilmişti herkes.

...

Kimya ilerleyeli beri mezarlar da sır vermeye başlamıştır.

...

Dünyada yeni bir şey yok ki!

...

Deha sezgiden başka nedir ki? Onun dışında kalan her şey zekânın ve kabiliyetin eseridir. Birinci sınıf insanlarla ikinci sınıf insanlar arasındaki tek fark bu!

...

Düşünceyi canlı ve yaratıcı bir güç olarak kabul etmek insanların hoşuna gitmediğinden, bugünkü ilim, azgınlaşan ihtirasların deprenişi ile beyne kan toplandığına ve uyanırken gördüğümüz rüyaların korkunç tecellilerine bu kan hücumunun sebep olacağına inanmak ister.

...

Gerçek bir İspanyol, verdiği sözleri tekrarlama gereği duymaz. Çok söyleyen, aldatmak istiyor demektir.

...

Fransızlar, bir ulus olmak istemekle, bir devlet olmaktan vazgeçtiler.

...

Yaradılışımız gereği, en azı elde ettikten sonra en çoğu da isteriz.

...

Dostluk, güçlerini birleştirip gene de bağımsız kalan, birbirinin benzeri iki ruh arasındaki bağdır.

akıl, duygunun yanında
aciz kalır hep..

...

Korku da her zaman boyun eğmek zorunda bırakır insanı. Kişiyi bir tutsak hâline getiren zaafın kaynağı budur işte.

...

Maddî dünyada olduğu gibi ruhsal dünyada da hiçbir şey kesin değildir. Fikirleriniz ne kadar güçlüyse, o kadar etkili olursunuz.

...

Kapıcılar da bütün meslektaşlar gibi birbirlerini hemen tanırlar. Her mesleğin yıpranma izleri olduğu gibi kendine has bir damgası da vardır.

...

Bütün çocuk hilelerinin genelde başarılı olma sebebi onların son derece saf ve temiz olduklarına inanmaktan kaynaklanır.

...

Kitaplar ve çiçekler birçok kimseler için ekmek kadar lüzumludur.

...

Zekâdaki çabukluk ve konuşmadaki güzellik ya Allah vergisidir ya da beşikte başlayan bir eğitimin sonucudur.

...

Bilgisizlik gibi bilginin fazlası da insanı inkâra götürüyor.

...

İnsan her zaman kötülük yapmaz ki.

...

Çalışmayla dürüstlük her şeyin hakkından gelir; yeter ki sabırlı olun.

...

Tartışma, kendi içinde bir yargıdır! Bir adamın düşünüp tartışamayacağı şeyler vardır.

...

Görev başka, duygu başka bir şeydir. Yapılması gerekeni yapmak, mutlaka hoşa gideni yapmak demek değildir.

...

Her kurnazlık, her hile günün birinde ortaya çıkar ve sahibine zarar verir.

...

Düşüncelerinize hâkim olmayabilirsiniz. Ama onları, acılar arasında hapsetmek, zararsız hâle getirmek mümkündür.

...

Umumiyetle, sırlar yükseklerden ziyade, aşağılarda dolaşır.

...

Bu ölümlü dünyada göstereceğiniz sevgi yoksa, yerine getireceğiniz görevler de mi yok?

...

Gururu, ortaya serecek başka şeyleri olmayan kimselere bırakmak gerek.

...

Kimi düşünceler farkında olmadan yer etmişlerdir içimizde ve ister istemez boyun eğeriz onlara.

...

Alay, bilmemekten gelir, insan bilmediği şeylerle alay eder...

düşünmek görmektir...

...

Nefretler, fikirlerin değil, mizaçların çarpışmasından meydana gelir.

...

İnsanlara kendilerini nankörlüğe mecbur edecek kadar büyük hizmetlerde bulunmayınız.

...

Bir kelimenin insanın hayatını değiştirdiği çok görülmüştür...

...

Güzellik, çoğu zaman kusurları gizleyen bir örtüdür.

...

İyi dostluklar hesapsız kurulur.

...

Hırs ve tamahın başladığı noktada saf duygular sona erer.

...

"Ayakkabılarım olmadığı için üzülürdüm, ta ki sokakta ayakları olmayan adamı görene kadar."

...

Beklemesini bilenin her şey ayağına gelir.

...

Hiç kimse bir alışkanlığa veda etmek cesaretini gösteremez.

kötülüğe
engel olmak da iyiliktir...

...

Şöhret, ancak küçücük dozlarla alındığında faydalı bir zehirdir.

...

Zekâ dünyayı yerinden oynatmaya yarayan maniveladır.

...

Kitap kılıç değerinde midir, tartışma iş değerinde midir? İşte asıl mesele bu!

...

Profesörlerin kürsüleri felsefe için değil, felsefe kürsüler için oluşturulmuştur.

...

Çiçek gibi ince, narin kalpler vardır, hafifçe örselenince kırılıverir; kimi kalp de çeliktendir, öyle örselenmeleri duymaz bile.

...

Bir adamı tanımak, onun düşüncelerinin, acılarının, heyecanlarının sırrına ermek demektir. Hayatının ancak elle tutulur olaylarını öğrenmek ise özgeçmiş çıkarmaktan öteye gidemez.

...

Gazetecilik, yeni toplumların dinidir.

...

Bilim çok engindir, insan ömrü çok kısa. Onun için, tabiattaki bütün olayları bildiğimizi ileri süremeyiz.

...

Bilimsel düşünmelerin bizi sürükledikleri göklerden inip de dünyayla birdenbire karşılaşmak insanı yoruyor. Manastırların niçin çıplak olduğunu da o zaman anladım.

...

Okuma, inceleme, çalışma çevremizi kuşatan her şeye büyü gibi bir özellik kazandırır.

...

Yazıktır ki; heveslerimizi yerine getirmek için her zaman para buluruz; ancak yararlı, gerekli şeylerin fiyatını önemseriz. Çalgıcı kızlara hiç düşünmeden altın serperiz de evdeki karımızı, çocuklarımızı düşünmeyiz.

...

İnsan hiçbir gücü yoktan var etmez; onu yalnız yöneltir. Bilim tabiatı taklit etmektir.

...

İnsanın bir ruhu, bir vücudu, bir de aklı yok mudur? Bu üç temel kaynaktan her biri bizi ya az ya da çok etkiler; onun için, bilimde daima insandan bir parça bulunacaktır.

...

Birdenbire düşündü ki; elde bir güç bulunuşu, ne kadar büyük olursa olsun, insana bunu kullanmak bilgisini vermiyor.

...

Şimdiye dek hiç kimse duyguların da kendine özgü bir hayatı, doğdukları yerin şartlarından kaynaklanan bir yapısı olduğunu fark etmemiştir.

...

Aşırı şeref onlar için sessiz bir baskıdır ki, bunu ne yaşayanlara hoş görürler ne de ölülere.

...

Hem unutmak zorundaydı hem öğrenmek. Yeni bir hafıza oluşturmalıydı kendine. Kafanın ayrı bir hafızası var vücudun ayrı.

...

Bencillik, dostluğun zehridir.

kaynaklar

honore de balzac,
cesar birotteau,
çev. fehmi baldaş,
milli eğitim basımevi,
ist. 1945.

honore de balzac,
gerçeği arayış,
çev. celal öner,
oda yayınları,
ist. 2000.

honore de balzac,
cousin pons I,
çev. vahdi hatay,
milli eğitim basımevi,
ist. 1949.

honore de balzac,
goriot baba,
çev. tolga sağlam,
timaş yayınları,
ist. 2003.

honore de balzac,
cousin pons II,
çev. vahdi hatay,
milli eğitim basımevi,
ist. 1949.

honore de balzac,
ihtişam ve sefalet,
çev. tolga sağlam,
timaş yayınları,
ist. 2003.

honore de balzac,
ursule mirouet,
çev. sabiha rıfat,
milli eğitim basımevi,
ist. 1949.

honore de balzac,
top oynayan kedi mağazası,
çev. necdet bingöl.

honore de balzac,
eugenie grandet,
çev. güler d. nalbantoğlu,
cem yayınevi,
ist. 1999.

honore de balzac,
kırmızı han,
çev. nermin sankur.

kaynaklar

honore de balzac,
köy papazı,
çev. kazım nabi duru,
milli eğitim basımevi,
ist. 1952.

honore de balzac,
köy hekimi,
çev. vahdet gültekin,
altın kalem klasik romanlar, ist.

honore de balzac,
kuzin bette,
çev. şerif hulusi,
ölmez eserler,
ist. 1946.

honore de balzac,
köylüler,
çev. ismail yerguz,
sosyal yayınlar, ist. 1984.

honore de balzac,
vadideki zambak,
çev. tolga sağlam,
antik yayınlar,
ist. 2005.

honore de balzac,
tılsımlı deri,
çev. zeynep güleç,
akvaryum yayınları,
ist. 2005.

honore de balzac,
altın gözlü kız,
çev. vahdet gültekin,
hayat neşriyat,
ist. 1971.

honore de balzac,
otuz yaşındaki kadın,
çev. samih tiryakioğlu,
oda yayınları, ist. 1997.

honore de balzac,
iki yeni gelinin hatıraları,
çev. ataç, görsel yayınlar,
ist. 1993.

dostoyevski'den
ruha dokunan düşünceler

albert camus'den
ruha dokunan düşünceler

tolstoy'dan
ruha dokunan
düşünceler

shakespeare'den
ruha dokunan düşünceler

kafka'dan
ruha dokunan
düşünceler

mevlânâ'dan
ruha dokunan düşünceler

goethe'den
ruha dokunan düşünceler

konuş benimle angel

240 sayfa
6,5 lira

bu kitap, ölümün soğuk nefesini
ensesinde hissetmekten kurtulmak isteyen
herkes içindir. özgürlüğü ve onu
elde etmenin yolunu anlatmaktadır bu kitap.
kim buna ilgisiz kalabilir ki?
…

"bana ne kadar zaman veriyorsun?"
"bana kalsa, dünyadaki tüm zamanları sana verirdim."

da vinci'nin not defteri

220 sayfa
6,5 lira

da vinci, hayatı boyunca yaptığı gözlemleri, bilim, sanat ve yaşam hakkındaki tespitlerini not defterine kaydetmiştir. ölürken bu notları, dostu francesco de melzi'ye bırakır. ondan kalan 13.000 sayfa nottan bugün yaklaşık 7000 sayfası korunabilmiştir. hepsi bir arada muhafaza edilemeyen bu değerli el yazmalarının büyük bir kısmı özel koleksiyonlarda, müzelerde ve kütüphanelerde bulunmaktadır. bu kitap leonardo da vinci'nin orijinal notlarından oluşmaktadır.

adı aşk

aşk
hiç bitmez.
insanın aşka olan
ilgisi de bitmez.
kimileri kitaplığında
aşka dair geniş kapsamlı
bir kitabı bulundurmak için,
kimileri
kitaptaki bölümlerden
cep mesajları,
internet mesajları yazmak için,
kimileri
sevdiklerine
hediye etmek için
alacaklardır bu özenle
hazırlanmış kitabı.

yeni evliler, yalnız yaşayanlar, çalışanlar ve öğrenciler için yemek kitabı

bu kitapta pratik, hesaplı, kolay, lezzetli,
kısa zamanda hazırlanabilen yemeklerin tarifleri var…
çorbalar, tatlılar, salatalar, börekler, kekler, çörekler, çay...
tek tek denenmiş tam 136 kolay tarif.
bunları yapmak hiç de zor gelmeyecek artık sana...

annelerin çocuklarına, yeni evlilerin eşlerine,
öğrencilerin ev arkadaşlarına
hediye edecekleri bir kitap bu.

gezi kitabı

gerçek gezgin…
gezmek bir yaşam biçimidir!…
kusursuz gezgin nasıl olur?..
dünya ülkelerinden bazı ilginç yasalar…
eğer dünyada 100 kişi yaşasaydı!..
dünyada en çok konuşulan 10 dil…
dünyadaki en kalabalık 10 ülke…
gezi türleri… bavul hazırlama sanatı…
benden söylemesi…
bir gezi nasıl ucuza getirilir!..
gezilerde fotoğraf çekerken…
türk tipi turist… türkiye'yi gezmek…
elli gezi heyecanı…
cevabı bilinmeyen yedi soru…
gezdim, gördüm, yazdım!..
dünya ülkeleri listesi…

yazar olmak istiyorum

eli kalem tutan herkes
bir şeyler yazar
ve yazdıklarının yayınlanmasını ister.
yazar olmak, insanların içten içe
hayalini kurdukları bir şeydir.
bu kitap, yazmayı sevenler,
yazarlık yolunda yürüyenler
ve kalem tutan eller için.

dergiler,
yayınevleri yazılarını bekliyor!
sen yazmalısın,
zamanı saklamalısın kağıtlarda.
çünkü bizden geriye
yalnız yazgılar kalıyor.

güzel konuşmak istiyorum

güzel konuşmak
hepimiz için gerekli.
hangimiz dilimizin kurallarını
hakkıyla biliyor ve uyguluyoruz?
hangimizin korkuları,
az da olsa telaffuz hataları,
vurgu yanlışlıkları yok ki?
samimi bir üslûpla hazırlanmış,
fıkralar, tekerlemeler,
alıştırmalar ve anekdotlarla
zenginleştirilmiş bu kitap,
güzel konuşma yolunda,
yol boyunca
arkadaşlık ediyor okuruna.
keyifli okumalar...

kitabı
son sayfasından
okumaya başlayan
kitap okuruna

not:

beni oku!
içimdeki gölgeler aydınlansın.
beni oku!
ben okundukça kitap,
sen okudukça insansın…

carpe diem kitap